제 왼편에 서지 말아주세요

김슬기 지음

일러두기

이 책에 등장하는 사투리는 입말의 느낌을 살리기 위해 한글맞춤법에 맞지 않더라도 그대로 두었습니다.

제 왼편에 서지 말아주세요

김슬기 지음

–

볼 수는 없지만 항상 옆에서
나를 감싸 안아주고 있는 할아버지를 위해
이 책을 하늘에 올려 보냅니다.

글을 시작하며

내 인생을 한 권의 책으로 담는다면, 과연 나는 어떤 이야기를 가장 먼저 하게 될까?

언젠가 이런 질문을 스스로 해본 적이 있다. 질문 끝에 내린 결론은 아픈 사람으로 살면서 겪은 지난날의 상처를 세상에 알리고 싶다는 마음이었다.

2007년 10월 14일 일요일 아침, 당시 중학교 1학년이었던 나는 그날 이후로 평범하게 웃을 수 없는 사람이 되어버렸다. 안면 마비는 한순간에 내 삶을 송두리째 흔들어놓았다. 더 솔직하게 표현하자면 모든 걸 잃어버린 기분이었다. 아픈 사람으로 살아간다는 것은 어쩌면 매일을 상처 속에서 허덕이며 살아가게 되는 것과 마찬가지일 테니까.

이 책은 2년 전 해방촌에 위치한 독립서점 스토리지북앤 필름에서 진행한 '나만의 책 만들기 4주 워크숍'을 통해 더 얇은 책으로 나온 바 있다. 스토리지북앤필름 운영자이 자 워크숍 강사였던 마이크 사장님께서는 하나의 작은 주 제를 정하고, 그 주제로 한 권의 책을 만드는 것이 좋다는 노하우를 우리에게 전수해주었다.

덕분에 주제 없이 막연히 책을 만들고 싶었던 나는 내 인 생을 하나의 주제로 잡고, 내 마음속 가장 큰 외침이었던 아픔과 상처를 마주할 수 있었다.

어느 날 한순간에 이유도 모른 채 아픈 사람이 되어버린 내가, 다시 남들처럼 평범하게 웃기 위해 버텨냈던 지난 13년은 절대 평범하지 않았다. 하지만 이 시간을 돌이켜보 는 과정을 통해 그동안 움츠리고 있던 나에게 "슬기야, 그 대로도 괜찮아. 그대로도 충분해"라며 처음으로 나를 달 래주고, 보살펴줄 수 있게 되었다.

여전히 완치되지 못한 채 살아가고 있는, 지극히 개인적인 나의 하루를 함께 들여다보는 것이 본인의 아픔만이 아닌 다른 사람의 아픔을 조금이라도 헤아릴 수 있는 계기가 된다면, 혹은 저 멀리 누군가의 아픔 속에 함께하고 있다는 위로를 감히 전할 수 있게 된다면, 난 책을 통해 용기 내길 잘했다는 생각과 함께 이 지독한 아픔에서 벗어나 다시 태어난 삶을 살게 될 것이다.

2020년 6월 안에서, 김슬기

차례

2장. 스무 살 이후

1장. 스무 살 이전

2007년 10월 14일

나는 1985년도에 지어진 집에서 할머니, 할아버지 품 아래
자라왔다. 명절이나 할머니, 할아버지 생신 때면 친척들이
우리 집으로 모였는데, 언니, 오빠들은 내 방에서 조금 노
는 시늉을 하다 근처 이모네 집으로 가버리곤 했다.

어린 마음에 '우리 집에서 노는 게 재미없나? 우리 집이
오래되어서 놀기 불편한가?'라는 생각을 했었다. 한번은
이모네로 가겠다는 친척 언니를 붙잡고 이렇게 물어본 적
도 있다.

"언니 만약에 우리 집이 엄청 좋은 곳이면 이모네 안 가고

나랑 여기서 계속 놀아줄 거야?"

언니 옷깃을 붙잡았던 내 간절함이 하늘에 닿았는지, 몇 년 뒤 내 바람대로 오래된 집을 부수고 새집을 짓게 되었다. 앞으로 우리 집에 친척들이나 친구들이 놀러 오면 어디 다른 데 갈 생각하지 않도록 방 꾸미기에 최선을 다했다.

그동안 우리 식구들은 바닥에서만 잤는데, 이번 기회로 침대도 사고, 침대 위에 달아놓을 캐노피까지 샀다. 고심 끝에 골랐던 벽지도 나중에 보니 〈지붕 뚫고 하이킥〉에 나오는 빵꾸똥꾸의 방 벽지와 똑같았다. 벽지가 방송에 나올 정도니 얼마나 정성스럽게 꾸몄는지 말 다 했다!

손님을 맞이할 준비가 완벽히 되었을 때 친척 언니 혼자 할머니, 할아버지를 보러 우리 집에 놀러 왔다. 내 바람대로 친척 언니는 우리 집에서 자고 간다고 했다. 야호! 그동안 방을 열심히 꾸민 보람이 있다.

늦은 밤까지 내 방의 불은 즐거운 우리를 재울 생각이 없어 보였고, 새벽이 다 되어서 졸릴 때쯤 친척 언니는 침대에 같이 누워서 자자고 했다. 난 언니의 제안을 한사코 거절하고 바닥에 이부자리를 폈다.

지난 명절 때, 마루에서 친척 언니 옆자리에서 잤다가 언니의 무지막지한 잠버릇 때문에 자는 동안 펀치와 발차기에 속수무책 시달려야 했다. 더 이상 그때의 내가 아니다. 나에겐 방바닥이라는 피할 곳이 있다고!

다음 날 아침. 몇 개월 동안의 침대 생활이 익숙해졌는지 고작 침대에서 바닥으로 잠자리가 바뀐 것뿐인데 온몸이 지나치게 뻐근했다. 무거운 몸을 일으켜 멍하니 앉아 거울이 있는 곳으로 고개를 젖혔다. 전신 거울 속 내 모습이 어딘가 달랐다.

이상했다. 한쪽 눈이 감기지 않고 흰자위가 둥둥 떠다녔다. 다시. 계속 눈에 힘을 줘도 왼쪽 눈에 미동이 없었다. 방문을 열어 부엌에서 요리하고 있던 할머니를 다급히 불러 한쪽 눈이 안 감기는 신기한 상황을 보여주었다.

"할머니, 일어났더니 갑자기 이쪽 눈이 안 감겨!"

"오메, 왜 그런디야. 피곤해서 그런 거 아녀?"

할머니 말을 듣고 나니 놀란 마음이 조금 진정되었다. 그도 그럴 것이 전날 늦게 잠들었고, 잠자리가 바뀌면 잠을 설치는 편이어서 일시적으로 나타나는 현상으로 보였다.

나는 할머니의 말에 고개를 끄덕이며, 양치를 하기 위해 화장실로 향했다.

치카치카 푸우. 입 안 가득 치약 거품을 물다 뱉은 후 물을 머금고 입 안을 헹구려는데 턱 밑으로 물이 줄줄 흘렀다. 놀라서 거울을 보았다. 입이 오므려지지 않아 그 사이로 물이 쪼르르 흐르고 있었다.

고개를 들어 다시 눈을 감아보았지만, 여전히 감기지 않는 눈에 오므려지지 않는 입. 가만 보니 입 모양을 '이'로 해봐도 입술 왼쪽이 굳은 채 움직이지 않았다.

문득 다시 불안한 마음이 들어 자는 언니를 깨웠다. 무작정 어디라도 가야 할 것 같았다. 2007년 10월 14일 일요일 아침이었다.

주
르
르
르
ㅡ

가는 날이 장날

언니와 집에서 제일 가까운 약국에 갔다. 연세가 지긋하신 할머니 약사님이 계셨는데 내 증상을 말씀드리고 얼굴을 보이니 우리 할머니가 말한 대로 잠을 잘 못 자서 그런 것 같다고 하셨다. 찜질방에 푹 앉아 있다가 오면 괜찮아질 거라는 조언과 함께.

그런데도 이상하게 마음이 놓이지 않아 근처에 있는 다른 약국에 갔다. 두 번째로 들른 약국에서는 머리가 덥수룩한 중년 아저씨가 약사로 계셨다. 내 증상을 말하자 아저씨 약사님은 갑자기 심각한 표정을 짓더니 의자에 앉으라고 했다. 그러고는 취조하듯 쉴 새 없이 질문했다.

"언제부터 그랬어요? 최근에 불편한 건 없었나요? 갑자기 스트레스나 충격을 받은 일은요?"

"네? 없었는데요. 그냥 자고 일어났더니 이렇게 되었어요."

"아에이오우 좀 해볼래요? 맥 좀 짚어볼게요. 아, 잠깐만 기다려봐요."

그의 호들갑에 무슨 일이 일어난 건가 싶어 얼떨떨했다. 언니와 나는 자리를 비운 그를 멍하니 기다렸다. 약사님은 한참 뒤에 양손 가득 의학서를 안고 오더니 책들을 펼쳐 내 증상을 설명했다.

"자세한 건 병원에 가봐야 알겠지만 아무래도 구안와사 같아요. 풍이 와서 입 돌아갔다는 말 들어서 알죠? 쉽게 설명하자면 얼굴이 마비되는 증상인데, 보통은 학생같이 어린 사람들보다 노인분들에게 오는 병이지요. 학생은 굉장히 특이한 경우 같네요. 약국에서 해줄 수 있는 건 없고, 지금 당장 문 연 한의원을 찾아서 치료할 수 있는지 확인해보세요. 당장!"

가는 날이 장날이라더니 하필 일요일이었다. 도저히 언니와 둘이서 해결할 문제가 아닌 것 같았다. 나는 일 때문에 잠시 떨어져 사는 엄마에게 바로 전화를 걸어 엄마의 "여보세요" 말소리를 듣자마자 말을 토해내듯 정신없이 내뱉었다.

"엄마, 자고 일어났더니 갑자기 한쪽 얼굴이 이상해. 눈도 안 감기고, 양치할 때 물이 막 줄줄 흘러. 놀라서 지금 약국에 왔거든. 근데 약사 선생님이 구안와사 같다고 당장 진료할 수 있는 한의원을 알아보래."

놀라서 정신이 없는 나와는 다르게 엄마는 차분했다. 최근 들어 아프다는 전화를 자주 해서인지, 잠이 덜 깬 엄마는 왜 이렇게 자주 아프냐며 깊은 한숨을 쉬었다. 엄마는 짜증 섞인 걱정과 함께 서둘러 오겠다면서 전화를 끊었다.

그런 엄마의 목소리에 울컥했다. 놀란 것으로만 치면 엄마보다 내가 더 놀랐을 텐데 놀란 나를 달래주진 않고 오히려 왜 이렇게 자주 아프냐며 꾸짖다니. 자주 아픈 사람이라면 알 거다. 자주 아프게 되는 건 내 의지로 통제할 수 있는 문제가 아니다. 몸이 약한 걸 어떡하라고?

평소에도 주위 사람들에게 "아프지 마"라는 걱정을 들을 때면 '~하지 마'는 내가 옳지 못한 행동을 했을 때 가르치는 말인데, 아프지 말라고 나한테 가르치는 건가 싶다. 저게 걱정할 때 쓸 만한 말이 맞나? 그리고 아프지 않는 게 내 마음대로 되나? 누구보다 아프면 나부터가 싫다. 누구보다 나 자신이 제일 아프지 않고 싶다고. 나도 아프고 싶어서 아픈 게 아닌데….

일요일에 문을 연 첫 번째 한의원

어쨌든 최대한 빨리 한의원에 가야만 했다. 일요일에 문을 연 한의원을 찾기란 서울에서 김 서방 찾기나 다름없었는데, 엄마가 오는 길에 온 동네를 살피며 돌아다닌 덕분에 문 연 곳을 찾을 수 있었다.

한의원에 들어서자 한약 냄새가 코를 찔렀다. 벽에 붙은 수많은 서랍은 각종 약재로 가득 채워져 있었고, 그 모습은 마치 시장 안에 있는 건강원처럼 보였다(물론 풍기는 냄새도 비슷했다).

보통 다른 병원에는 다양한 나이대의 환자들이 있는데, 이곳에선 내가 최연소 환자 같았다. 그나마 나와 또래 같아 보이는 사람은 간호사 선생님이었고, 대기 환자들은 관절이 아파서 온 듯한 중장년층이 대부분이었다. 그 틈에서 차례를 기다렸다가 치료실로 들어갔다.

'누워서 진료를 다 보네.' 딱 내 몸뚱이만 한 작고 좁은 침대에 누워 있으니 한의사 선생님이 커튼을 젖히고 들어왔다. 선생님은 내 얼굴을 비롯해 머리, 팔, 다리, 손가락, 발가락 등 온몸에 침을 놓았다.

난생처음 맞는 침이었다. 가늘고 기다란 침에게 잘 부탁한다는 인사도 못 했는데 내 온몸에 이미 세를 놓고 박혀버렸다. 이래 봬도 내가 유치원 시절부터 치과에 가도 울지 않기로 유명했던 사람인데, 날 바짝 긴장시키다니. 수없이 놓인 침들 때문에 온몸이 경직되어 꼼짝도 할 수 없었다.

치료실에 함께 들어온 엄마와 친척 언니가 침 맞은 얼굴을 나에게 보여주기 위해 휴대폰으로 사진을 찍었다. 하룻밤 사이에 내 방이 아닌 한의원 침대에 누워 있게 된 이 상황이 누가 봐도 웃겨서 기가 찰 노릇이었다.

나는 이런 갑작스러운 상황이 짜증 나면서도 웃겼다. 눈을 감으려 하면 눈 근처에 놓인 침들이 함께 움직였고, "내 눈 봐봐" 하고 눈을 깜빡거리면 침들도 같이 들썩들썩 움직였다. 우린 이런 광경을 또 언제 보겠냐며 그 모습도 함께 사진을 찍어두기로 했다. 침 맞는 15분 동안 찍은 사진들을 보고 셋이서 한참 웃었다. 그땐 이렇게 오랜 시간을 아플 줄 모르고 웃어댔겠지?

그렇게 처음 침대에 누운 지 40분 정도 지난 후에야 온몸에 맞은 침을 떼고 한의사 선생님과 상담을 했다.

"안면 마비는 면역력이 떨어지면 쉽게 걸릴 수 있는 흔한 질병입니다. 일주일 정도 병원에 와서 침 치료를 받다 보면 금방 괜찮아질 테니 너무 걱정하지 마시고, 체질이 개선되면 좋을 테니 한약도 지어서 먹어봅시다."

으… 인생의 쓴맛은 아마 한약의 맛을 두고 하는 말이겠지.

응급실과 물리 치료

한의원 진료를 마치고 나오는 길에 노파심이 들어 동네에서 가장 큰 종합 병원에도 들렀다. 일요일이다 보니 일반 진료가 어려워 응급실로 갔다. 이놈의 원수 같은 일요일.

담당 의사 선생님은 나에게 증상이 나타난 시점을 묻고는 증상을 확인하기 위해 '아에이오우'를 시킨 후 활짝 웃는 표정, 한껏 찡그린 표정 등을 지어보라고 했다. 나는 예전과 같은 표정을 짓는다고 생각했지만, 의사가 거울로 보여준 내 얼굴은 마비가 와서 굳어 있는 채로 괴상하기 짝이 없었다.

의사 선생님은 귀 뒤쪽에 통증이 있거나, 부은 적이 없었는지 물어봤다. 없다고 대답했더니 자세한 건 신경외과로 가봐야 할 것 같다며 다음 날 예약을 잡아주고, 하루 치 스테로이드 약과 안연고를 처방해준 후 물리 치료실로 안내했다.

일요일이었지만 다행히 물리 치료를 받을 수 있었다. 커튼이 달린 안쪽 침대에 눕자 얼굴 전체에 따뜻한 수건을 덮어주었다. 10분가량의 찜질 후 물리 치료사가 얼굴을 경락 마사지하듯 얼굴 신경 마사지를 해주었다.

처음은 입술 신경 마사지로 시작했다. 검지와 중지를 브이자로 벌려 중지는 내 입술 아래쪽에, 검지는 내 인중 위에 두고 살을 귀 뒤쪽으로 잡아당겨 올렸다. 다음엔 이마 신경 마사지가 이어졌다. 눈을 크게 떴을 때 이마에 주름이 생기는 오른쪽과 주름이 생기지 않는 마비된 왼쪽에 서로 반대의 힘을 주는 마사지인데, 오른쪽 이마는 눈썹을 아래로 눌러 억지로 주름을 펴고 왼쪽 이마는 그 반대로 위로 당겨서 억지로 주름을 만드는 방식이었다. 신경이 살아 있는 곳에 힘을 덜 주고, 신경이 죽어 있는 곳에 힘을 주는 원리라고 했다.

그다음엔 몸을 일으켜 앉았다. 물리 치료사는 내 왼쪽 뺨을 손으로 지지대처럼 받치고 있는 힘껏 고개를 젖혀보라고 했다. 하면서 이건 뭐에 좋은 동작이냐고 물어보니 얼굴 전체에 힘을 가하는 것이라고 했다. '그래, 마비된 신경을 다시 흔들어 깨우려면 이쯤이야.' 고개 돌리기에 애를 쓰다가 다시 누워서 물리 치료를 받았다. 동그란 빨판처럼 생긴 물리 치료 기기를 얼굴에 붙였더니 살아 있는 낙지처럼 얼굴을 쭉 빨아들였다가 다시 쭉 풀어주었다.

치료가 다 끝난 뒤 다시 따뜻한 수건을 얼굴에 덮어 온기가 돌게 했다. 이 과정이 다 끝나고 시계를 보니 한 시간이 훌쩍 흘러 있었다. 정말 길고 긴 하루였다.

공부보다 건강

안면 마비가 시작된 중학교 1학년은 공부 적령기였다. 내가 갑자기 아프게 되면서 졸지에 할아버지, 할머니, 엄마, 아빠는 앞으로 나를 어떻게 키울 것인가 하는 문제로 갈림길에 서게 되었다. 우리 가족은 정확한 원인을 파악할 순 없지만 스트레스가 큰 원인일 수 있다는 이야기를 듣고, 나에게 조금이라도 스트레스를 받지 않는 환경을 만들겠다며 재빠른 결정을 내렸다.

안면 마비에 걸리고 처음 만난 월요일, 엄마는 내가 다니던 학원부터 그만두게 했다. 지금 생각해보면 보호자로서 꽤 결정하기 어려운 문제였을 것 같다. 이왕이면 내 자식 만큼은 공부를 잘해서 좋은 실력으로 좋은 대학에 가고 좋은 회사에 취직하기를 원할 테니까. 하지만 우리 가족은 내가 아프게 되면서 "공부? 스트레스가 된다면 다 필요 없어. 건강이 제일이야" 이런 식이었다.

가족의 이런 결정 덕분에 나는 학원 스트레스의 굴레에서 빠져나올 수 있게 되었다. 아픈 뒤로 처음이자 마지막으로 좋은 점을 꼽는다면 학원을 더 이상 다니지 않아도 된다는 점이었다.

우리 가족은 나에게 많은 걸 바라지 않았고 오직 건강 하나만을 소망했다.

이 얼굴로 어떻게 학교에 가지?

월요일, 왼쪽 얼굴에 마비가 온 지 이틀째 되던 날이었다. 전날 밤부터 시작된 등교 걱정이 아침에 눈 뜨자마자 가장 먼저 머릿속을 헤집고 들어왔다. '이 얼굴로 어떻게 학교에 가지?'

도저히 평소처럼 수업을 듣고 친구들과 아무렇지 않게 지낼 자신이 없었다. 엄마에게 전화를 걸어 이 얼굴로 학교에 가기 싫다고 말했다. 엄마는 금방 괜찮아질 거라고 나를 다독이며 학교에서 정 힘들면 선생님에게 상황을 설명하고 조퇴하라고 했다.

하는 수 없이 마스크를 쓰고 등교했다. 얼굴에 바람을 쐬면 안 좋기도 하고, 얼굴을 최대한 감추고 싶었기 때문이다. 일부러 조회 시간에 맞춰 학교에 도착했고, 조회가 끝나자마자 교무실로 이동하는 담임 선생님을 따라갔다. 엄마가 말한 대로 선생님에게 얼굴을 직접 보여드려야 적어도 친구들의 놀림으로부터 보호받을 수 있을 것 같았다.

"선생님, 어제 자고 일어난 사이에 갑자기 왼쪽 얼굴에 마비가 왔어요. 원인은 모르겠어요. 당분간 마스크 쓰고 수업을 들어야 할 것 같은데 다른 과목 선생님들께 말씀해주실 수 있을까요?"

"어머, 웬일이니. 갑자기 얼굴이 왜 그런 거야? 너 요즘 힘든 일 있니? 우리 아버지도 예전에 그런 적이 있어. 스트레스받지 않도록 관리를 잘해야 금방 낫는다. 선생님들과 애들한테는 선생님이 잘 말할게. 너무 스트레스받지 말고."

별것 아닌 선생님의 말에 눈물이 날 것 같았다. 선생님은 내 어깨를 감싸 안으며 교실에 함께 들어섰다.

"애들아, 슬기가 어제 아침에 갑자기 얼굴에 마비가 와서 지금 많이 불편한 상태야. 너희 슬기 놀리면 내 손에 죽을

줄 알아! 놀리는 순간 즉시 죽음이다!! 그리고 안면 마비
는 추우면 잘 걸릴 수 있다고 하니까 너희도 멋 부리지만
말고 따뜻하게 입고 다녀, 알겠지?"

"네."

'빅마마'로 유명한 선생님의 말이 끝나기가 무섭게 반 애
들 모두가 크게 대답했다. 선생님의 든든한 보호와 아이들
의 우렁찬 대답에 나는 한시름 놓았다. 그때 쉬는 시간을
알리는 종이 울렸다.

그럼 너 이제 장애인 된 거야?

선생님이 교실 문밖을 나서자 친한 친구들이 다가와 괜찮냐며 어디 좀 보자고 걱정 가득한 표정으로 내 얼굴을 관찰했다. 갑작스러운 관심이 버거워지던 찰나 남학생들이 우르르 떼로 몰려와 구경했다.

"야, 너 얼굴 지금 진짜 이상해. 왜 갑자기 그렇게 됐냐?"

"와, 슬기야, 너 웃을 때 이상해. 완전히 썩소네?"

"헐, 신기해."

다양한 목소리가 들려왔다. 난 어떻게 대답해야 할지 몰라서 우물쭈물하고 있었는데, 마침 반에서 제일 짓궂은 남학생이 말했다.

"야, 그럼 너 이제 장애인 된 거야?"

덜컥 겁이 났다. 바보 같이 눈물이 차올라 황급히 얼굴을 손으로 가렸다. 가장 가까이에서 나를 달래주던 친구는 자기 일처럼 그 녀석의 가슴팍을 퍽 쳤다.

"이런 미친 새끼를 봤나. 야 이 새끼야. 좋게 말할 때 꺼져. 진짜 죽여버리기 전에."

가슴팍을 맞고 놀란 남자애는 울먹이며 억울해하는 표정을 짓고서 왜 때리냐고, 자기는 그냥 궁금해서 물어본 거라고 중얼거렸다. 친구는 더 맞기 싫으면 그냥 닥치고 꺼지라고 소리쳤고, 입이 댓 발 나온 남자애는 조용히 자기 자리로 돌아갔다. 참고로 내 친구는 남자애들마저 덜덜 떨게 만드는 우리 학교 1학년 짱이었다.

사실 눈물이 났을 때 재빨리 손으로 얼굴을 감싼 이유는 지금까지 나만 알고 있다. 오른쪽 눈에만 눈물이 후두두 떨어지고, 왼쪽 눈에는 눈물이 흐르지 않았던 상황이라 굳어 있는 왼쪽 얼굴이 더 일그러져 보일 것 같았기 때문에 우는 모습을 누구에게도 보여주고 싶지 않았다.

호기심으로 던진 '장애인'이란 단어가 머릿속을 맴돌아 도저히 학교에 있을 수가 없었다. 나는 할머니에게 전화를 걸어 데리러 와달라고 부탁하고 조퇴를 했다.

교문을 나오자 저 멀리서 기다리고 있는 할머니가 보였다. 나는 뛰어가 할머니 품에 와락 안겨서 얼굴을 파묻고 펑펑 울며 말했다. 애들이 나보고 이상하게 웃는다고, 이제 장애인이 된 거냐 물어봤다고, 학교 다니기 싫다고 말했다. 그 말을 들은 할머니도 깜짝 놀라 어쩔 줄 몰라 하시다 엄마더러 선생님에게 전화하라고 할 테니 며칠 동안 학교에 가지 말자고 나를 달랬다.

할머니와 손을 잡고 어제 응급실에서 예약해준 신경외과로 갔다.

"어디가 불편해서 오셨죠?"

"어제 자고 일어났더니 갑자기 왼쪽 얼굴에 마비가 왔어요. 약국에서 한의원에 가보라고 해서 한의원에 갔더니 침을 놓고, 침에 집게 같은 걸 꽂아서 전기로 자극을 주는 치료를 받고, 어제 응급실에 와서 먹는 약 하고 눈에 바르는 약을 처방받았어요. 그리고 오늘 신경외과 진료를 예약해주셔서 왔어요."

"흠, 한의원에서 침으로 치료하는 건 소용없어요. 안면 마비는 바이러스가 원인이라 바이러스를 죽이는 일부터 해야 해요. 그래서 스테로이드 약을 먹으면서 검사를 해야 합니다. 어제 응급실에서 받은 스테로이드 약은 잘 먹었죠? 그 약을 3일 더 먹어볼게요. 그리고 어제 받은 물리 치료도 받고 가시고요. 한의원에 더 다닐 필요는 없어요. 기왕이면 대학 병원 신경외과에 가서 뇌에 이상이 없는지 검사를 받아보는 게 좋을 것 같네요."

대학 병원 투어

다음 날 아침. 학교 대신 엄마가 있는 동네의 대학 병원에 가기로 했다. 버스에 몸을 싣고 30분가량 달려서 도착한 낯선 동네의 병원 앞에서 엄마를 만나 병원 2층 신경외과 병동에 도착한 시각은 8시 10분. 2층에만 해도 진료 과목이 엄청 많았다. 괜히 대학 병원이 아닌 것 같았다. 그만큼 수많은 의자에 아침부터 많은 사람이 자리하고 있는 광경이 신기했다.

이렇게 많은 사람이 아파서 병원을 찾는구나 싶었는데, 나도 그중 한 명이었다. 이거 정말 내 코가 석 자다. 대기실에 걸린 TV를 한참이나 시청한 후에야 내 차례가 되어 진료실에 들어갔다. 의사 선생님은 종합 병원에서 써준 소견서와 이전에 처방받은 스테로이드 약을 본 뒤 내 얼굴을 살피기 시작했다.

"눈 감아볼래요?"

"이번엔 눈을 세게 감아보세요."

"자, 인상을 찌푸려보고, 다음에는 이마에 주름을 만들어보세요."

"크게 '아' 해보세요. 그다음 크게 '에', 그다음 크게 '이', 그다음 크게 '오', 그다음 크게 '우' 해보세요."

의뢰받은 진료 소견서상으로나, 표정으로나 나는 안면 신경 마비였다.

"이미 들으셨겠지만, 안면 마비는 발생 원인을 정확히 알 수 없어요. 다만 뇌에 문제가 있을 때에도 생길 수 있는 병이라 검사를 한번 해봐야 할 것 같아요. 아픈 검사는 아니고 간단한 CT 촬영만 하면 됩니다. 밖으로 나가면 간호사 선생님이 CT 촬영실로 안내해줄 거예요. 한번 찍어봅시다."

어리둥절한 채로 엄마와 진료실 문을 열고 나가자 앞에서

눈 세게
감아 보기

인상
찌푸려 보기

이마에
주름 만들기

'아에이오우'
말하기

대기하던 간호사가 CT 촬영실로 안내했다. 검사를 위해 입고 있던 것을 속옷까지 다 벗고 거기에 구비된 옷으로 갈아입어야 했다. 환복을 마친 뒤 쭈뼛쭈뼛 촬영실로 들어갔다. 촬영실은 유독 추워서 한기가 느껴질 정도였다.

"CT 검사 결과가 나오면 그때 다시 오시면 되고요. 지금 눈이 감기지 않는 상태라 눈이 엄청 불편할 거예요. 바로 옆에 있는 안과에 접수해드릴 테니 안과 진료까지 받고 가세요."

으. 신경외과 검사도 모자라 안과까지. 온종일 병원에서 사는 기분이었다. 차라리 이럴 거면 학교 가는 게 더 나았을 텐데….

진료가 끝나니 어느덧 점심시간. 안과에도 대기 환자가 많아서 앞으로 한 시간 정도 기다려야 했고, 그때는 병원도 점심시간이 되어 두 시쯤 진료가 가능했다. 대기 시간을 틈타 우리도 밥을 먹기로 했다. 메뉴는 병원 밑에 있던 설렁탕.

"슬기야, 많이 먹어. 이런 거 많이 먹어야 안 아파. 아프지 말아야지."

엄마는 몸에 좋은 음식을 많이 먹어야 금방 낫는다며 설렁탕 위에 얹어 나오는 고기 고명과 소면까지 나에게 다 덜어주었다. 몸에 좋은 것에 내가 좋아하는 것까지 다 먹이고 싶었나 보다.

설렁탕으로 배를 따뜻하게 채우고 다시 안과 진료실 앞에 도착했다. 두 시가 지나고 30분이 더 흐른 후에야 진료를 받을 수 있었다. 진료실에 들어가기 전 시력 검사부터 했다. "정말 별걸 다 하네." 투정과 함께 진료가 시작되었다. "왼쪽 눈이 안 감기는 데다 계속 눈물이 나고 있어서 눈곱이 많고 무척 건조한 상태예요. 눈을 억지로 감기고 눈물을 자꾸 닦다 보면 안구에 상처가 많이 날 수 있어요. 눈에 넣는 연고를 처방해드릴게요. 하루에 두세 번 정도 발라주고 건조할 때는 인공누액을 넣으세요. 이건 수시로 넣어도 됩니다. 그리고 자기 전에 연고를 넣고 테이프로 눈을 감길 수 있도록 의료용 테이프도 처방해드릴 테니 관리 잘해야 해요. 눈은 엄청 예민한 부위라 시력도 많이 떨어질 수 있어요. 그래서 나중에는 양쪽 시력이 달라질 수 있으니까 주의하세요. 평소에 안대를 쓰고 다니면 좋고요."

안연고에, 인공누액에, 의료용 테이프에, 안대까지…. 안면 마비가 온 후로 눈은 이것저것 챙기며 관리할 것이 가장 많은 불편한 부위가 되었다.

안면 마비에 대하여

안면 마비는 말 그대로 안면 신경이 마비되어 표정을 짓는 근육을 쓸 수 없는 증상이다. 다시 말해 마비가 온 한쪽의 눈, 코, 입을 움직이지 못해서 표정을 지을 수가 없다는 것이다. 증상을 설명하자면, 눈을 감지 못하지만 맛은 느낄 수 있고, 입을 움직이는 신경이 마비되어 볼에 바람을 넣지 못하지만 볼을 꼬집으면 아픔을 느낀다.

마비가 온 뒤 나의 표정엔 감정이 사라진 것 같다. 특히 웃을 때 흔히들 말하는 '썩소'처럼 입꼬리가 한쪽만 올라간다. 안면 마비를 경험한 환자들 사이에선 일명 '나이키 웃음'이라고 불린다. 눈을 치켜뜨면 마비가 온 쪽의 이마에만 주름살이 잡히지 않는다. 또 마비가 온 눈꺼풀에는 힘이 들어가지 않아 눈을 제대로 감을 수 없다.

겉으로 보이지 않는 부분 중 불편했던 하나는, 마비된 쪽으로 음식물을 씹으면 혓바닥으로 청소할 수 없을 만큼 그쪽 볼 안으로 음식물이 가득 낀다는 것이다. 그래서 매번 마비가 안 된 쪽으로만 음식물을 씹다 보니 나중엔 충치가 이쪽에만 가득 생기지 않을까 걱정하기도 했다.

한마디로 안면 마비가 온 쪽과 오지 않은 쪽의 차이는 기울어진 시소처럼 신경이 한쪽으로 몰방 된 기분이다.

그간 다닌 병원에 따르면, 안면 마비는 스트레스가 주된 원인이라고 한다(개인적인 경험으로 볼 때 스트레스는 자신이 느끼는 것과 몸이 느끼는 것이 다를 수 있으니 항상 주의하길 바란다). 또 성별이나 연령에 관계없이 발병하는 현대인의 흔한 질병이다. 대개 자연적으로 몇 주 또는 몇 개월, 길면 일 년 이내로 회복하지만, 간혹 완전히 회복하지 못해 열 명 중 두 명 정도가 후유증을 얻는다고 한다.

종류를 보면 뇌출혈, 뇌경색, 뇌종양 등으로 안면 신경이 마비되는 중추성 마비가 있고, 바이러스에 감염되어 열두 개의 뇌 신경 중 일곱 번째 뇌 신경 기능에 이상이 생겨 나타나는 벨 마비가 있다. 벨 마비는 편측성으로 마비 증상이 얼굴 한쪽에만 나타나는 경우와 얼굴 전체가 마비되는 완전 마비가 있다.

간혹 비정상적인 경로로 회복하는 경우에는 잘못된 신경 기능을 갖게 되어 치료 후에도 다양한 후유증을 동반할 수 있다. 증상이 나타나면 즉시 병원에 가야 한다.

민간요법이나 자연 치유만으로 온전히 회복하기는 어려울 수 있으니 반드시 큰 병원에 가서 검사를 받거나 약을 처방받은 후에 의사와 충분히 의논해야 한다. 나는 한방과 양방 사이에서 고민했고 어른들의 말에 따라 한의원을 다녔다가 후유증이 크게 남았다. 사람마다 자기에게 맞는 병원이 다르겠지만 양쪽 진료를 모두 받아보길 권한다.

인터넷상에서 증상이 같은 사람을 보더라도 혼자 해결책을 찾아 결정하면 안 된다. 의사만이 병을 치료할 수 있다. 반드시 병원에 가서 자신의 증상을 직접 확인하고 상태에 맞는 처방을 받으라고 말하고 싶다.

안면 마비는 후유증이 큰 질병이다. 그렇기에 자가 진단이 아닌 병원 방문이 필수다.

하루 사이에 많은 것이 바뀌었다

길고 긴 병원 투어를 끝내고 집으로 돌아왔다. 아프고 난 이후부터 고된 하루들의 연속이다. 어느 날 한순간에 마비가 온 왼쪽 얼굴을 가만히 들여다보고 있자니 문득 무언가에 속수무책으로 당한 기분이었다. 아무리 애를 써도 풀리지 않는 실타래로 얼굴을 잔뜩 엉켜놓은 것 같았다. 갑자기 내 삶에 들이닥친 안면 마비로 일상 속 모든 일에 큰 불편함이 따랐다.

굳은 입술보다 더 불편한 곳이 있냐 묻는다면, 망설임 없이 '눈'이라고 대답하겠다. 마비의 위력이 눈꺼풀을 살포시 감을 수 있도록 하는 미세한 힘조차 뺏어간 바람에 두 눈을 깜빡여도 오른쪽 눈만 움직인다.

거울을 보면서 안 감기는 왼쪽 눈의 흰자위를 보고 있자니 내 얼굴이지만 너무 무서운 모습이었다. 친구들이 장난으로 눈을 파르르 떨며 흰자위를 보여주었을 때 소스라치게 놀라곤 했는데, 이젠 거울을 들여다보며 눈을 감을 때마다 내 얼굴에 소스라치게 놀란다.

10초에도 눈을 몇 번이고 깜빡이지만 그 기능을 잃어 감기지 않는 눈꺼풀 때문에 눈이 시릴 때면 손을 이용해 눈을 감겼다. 자려고 눈을 감아도 왼쪽 눈이 감기지 않아 안연고를 왼쪽 눈에 잔뜩 넣은 뒤 의료용 테이프를 붙여 눈을 감겼다. 매일 밤 눈꺼풀을 억지로 닫아야 하루를 닫을 수 있었다.

자고 일어나면 오른쪽 눈으로만 새 아침을 맞이했다. 비몽사몽 거울 앞으로 가면 연고와 눈물이 섞인 눈곱이 테이프에 착 달라붙어 있었다. 매일 아침, 진물 가득 붙어 있는 테이프를 조심스럽게 떼어낼 때마다 조심스럽지 못한 비명이 방 안에 가득 울렸다. "으악!" 아파서 비명을 지른 것도 있지만, 매일 눈 뜨자마자 이런 걸 하고 있자니 짜증이 솟구쳐서이기도 했다. 어느 날에는 테이프에 붙어 떨어진 여러 가닥의 속눈썹을 보고 울컥 화가 치밀어 올라 쪽가위로 속눈썹 절반을 잘라내기도 했다.

악어의 눈물

음식을 먹으려고 입을 '아' 하고 벌리면 왼쪽 눈에 눈물이 그렁그렁 고였다. 처음에는 우연인가 싶었지만, 숟가락을 뜨고 입을 '와앙' 벌릴 때마다 눈물이 차올랐다. 이건 마치 밥 안 먹는 아이에게 밥을 먹이기 위해 밥 한 숟가락 먹이고 쬠쬠 놀이를 한 번 해주는 것처럼 밥 한 숟가락 먹을 때마다 눈물을 한 번씩 닦아내야 했다. 그러다 보면 어느 순간 왼쪽 눈가가 눈물로 범벅되었다. 정말이지 눈물 젖은 밥이다.

사람들과 대화를 할 때면 말을 하기 위해 입을 벌려야 하

는데 그럴 때도 왼쪽 눈에 눈물이 고이는 바람에 대화 상대가 모두 크게 당황했다. 나에게 슬픈 일 혹은 안 좋은 일이 있는 건 아닌지 오해하는 사람들에게 나는 슬퍼서 우는 게 아니라고 차분히 대꾸했지만, 사실 그런 상황이 생길 때마다 오히려 내가 더 당황스러웠다.

진짜 시도 때도 없이 눈은 일상을 눈물 나게 했다. 이 증상을 '악어의 눈물 증후군'이라고 부른다. 악어는 눈물샘의 신경과 입을 움직이는 신경이 같아서 음식을 먹을 때 눈물을 흘린다고 한다. 졸지에 악어와 같은 처지가 되어버렸다.

안구건조증과 짝짝이 시력

감정에 북받쳐 닭똥 같은 눈물을 쏟아낼 때면 왼쪽 눈엔 눈물만 그렁그렁 차 있을 뿐 흐르지 않았고, 눈물이 나오면 안 될 상황엔 악어의 눈물 때문에 눈에 눈물이 가득했다. 눈물이 내 의지와 상관없이 제멋대로 움직인 탓에 늘 눈물이 부족하거나 지나치게 증발해 결국 안구건조증을 얻게 되었다.

엎친 데 덮친 격으로 시력까지 떨어졌다. 시력 검사를 해 보니 왼쪽은 0.2, 오른쪽은 0.6이었다. 시력까지 마비가 온 쪽과 마비가 오지 않은 쪽으로 나뉘는 것이 참 씁쓸했다. 13년이 지난 지금은 오른쪽엔 근시, 왼쪽엔 난시가 왔다. 그동안 오른쪽 눈을 많이 써서인지 지금은 오히려 오른쪽 시력이 더 떨어진 상태다.

초등학생 때는 안경을 쓰고 싶어 잘 보이는 또렷한 숫자를 일부러 틀리게 말한 적도 있다. 병원에 가서 쉽게 들키는 바람에 안경은 못 맞추고 알 없는 안경만 쓰고 다녔는데, 지금은 원하지 않아도 안경을 써야 잘 보이는 꼴이 되었다.

이명

안면 마비 증상은 생각지도 못한 곳까지 퍼졌다.

안면 마비는 그냥 표정을 짓는 신경이 마비된 거니까 굳어진 표정만 풀면 된다고 생각했는데, 분명 병원에서도 그렇게 말했는데, 시간이 흘러 왼쪽 입을 움직이거나 왼쪽 눈을 감을 때마다 왼쪽 귀 안쪽에서 울림이 느껴졌다. 마치 동굴

속에 있는 듯한 울림과 함께 귀가 먹먹했다.

사람들과 함께 있을 때는 말소리나 주변 소음 때문에 잘 느끼지 못하다가 혼자 조용한 곳에 있으면 느껴졌다. 보이는 곳은 물론, 보이지 않는 곳에서도 안면 마비는 지독히도 날 괴롭혔다.

어렸을 때, 귀에서 나는 심장 소리를 좋아했다. 모든 것이 잠들고 조용해진 밤에 베개에서 들리는 내 심장 소리를 어딘가 먼발치서부터 집을 향해 걸어오는 발소리라고 상상했다. 잠이 안 오는 날이면 아프리카 사막에서부터 걸어오는 발자국이라 상상하고, 그 발자국을 세다 잠들곤 했다.

그 소리는 마치 나에게 자장가와 같아서, 나만 들을 수 있는 것 같아서 귀에서 느껴지는 조용한 심장 소리를 좋아했는데, 이제 더 이상 좋아하지 않는다. 귀에서 나는 소리는 더 이상 나만 느낄 수 있는 비밀스러운 집을 향해 걸어오는 발자국이 아니라, 아프다는 신호 같아 이젠 그 소리가 반갑지 않다.

엎친 사춘기에 덮친 아픔

사춘기 때는 나도 모르는 사이에 서서히 우리 몸에 2차 성장이 일어나고 정서적으로 잦은 변화를 겪으며 짜증과 불만을 자주 느낀다고 배웠다. 2차 성장으로 초등학교 5학년 때부터 겨드랑이털이 조금씩 났던 것 같고, 초경은 6학년 때 시작했던 것 같은데 아쉽게도 키는 별로 안 컸다. 이 슬픈 키 이야기는 그만하고.

정서적인 변화는 정확히 언제부터 왔을까? 나의 중2병은 중2에 온 걸까? 그 전이나 그 이후에 왔다 한들 사춘기와 겹친 안면 마비는 나를 더 작게 만들고, 나를 더 불안하게 만들었다.

중학교에 입학해서는 친구들이 화장을 하고 다녔다. 로드 샵에서 저렴하게 팔던 초록색, 보라색 베이스를 사서 얼굴에 덕지덕지 바르고, 안경원에 가서 도수 없는 5천 원짜리 서클렌즈와 파란색, 회색이 들어간 8천 원짜리 눈물렌즈를 사서 동공을 키우고, 1천 원짜리 리필용 아이브로우를 사서 지구 끝까지 눈썹을 그리기도 했다. 화장의 피날레는 당연 쌍꺼풀이었다. 무쌍이었던 나는 쌍꺼풀 액을 실핀 끝에 살짝 묻혀 눈두덩이에 덕지덕지 발라 쌍꺼풀을 만들고 다녔다.

지금 생각해보면 괴기스럽기 짝이 없는 화장이었는데, 그저 아픈 얼굴을 어떻게든 가려서 친구들과 이질감 없이 어울리고 싶었던 마음이 컸다. 어떻게 하면 친구들에게 놀림이 아닌 위로를 받으며 어울릴 수 있을지 항상 고민했다. 위로하는 시선으로 바라보는 친구들에게 더 위로받고 싶은 마음이 들었고, 그렇게 해서라도 친구들과 어울리고 싶으면서도 친구들마저 날 다르게 보지 않길 바라는 이중적인 마음이 들었다.

나에게 사춘기가 언제쯤 왔는지, 내 자아를 얼마나 꼬아놨는지 모르겠지만, 확실한 건 아프고 난 뒤에 나는 늘 불안하고 무서웠다는 것이다. 앞으로 어떻게 살아야 할까, 언제까지 이 아픔이 지속될까, 언제쯤이면 평범해질 수 있을까 하는 여러 걱정거리가 어린 나의 마음을 항상 지독히도 무겁게 가라앉혔다.

열네 살의 나는 그 나이에 하지 않아도 될 생각과 걱정으로 학창 시절을 보냈는데, 성인이 된 이후에도 여전하다. 사람들이 내 웃음을 오해하지 않도록 웃는 방법을 아직도 터득하지 못한 탓에 여전히 새로운 사람들을 마주할 때는 선뜻 웃어 보이는 것이 어려워 낯가리는 성격이 아닌데도 낯가리는 성격이라고 말하면서 사람들과의 거리를 둔다.

사이비 교회

사람마다 종교를 갖게 되는 경로는 크게 두 가지다. 태어나면서부터 부모님의 종교를 따라 믿게 되거나, 살면서 직접 자기에게 맞는 종교를 선택하게 된다. 나 같은 경우 초등학교 때 다니던 학원의 원장 선생님을 통해 처음 종교를 갖게 되었다.

원장 선생님은 항상 재미있고 밝은 분이었다. 본인은 아무리 아파도 병원에 안 가는데, 하나님이 고쳐준다고 믿기 때문이라고 했다. 그 당시에 그 말이 무척 강인해 보였다. 원장 선생님의 딸과 친했던 나는 자연스럽게 전도를 받아 그 교회에 다니게 되었다.

사실 그 교회를 택한 가장 큰 이유는 당시 내가 좋아하는 아이돌 가수가 그곳을 다닌다고 했기 때문이다. 일정이 없을 때면 꼭 예배를 드리기 위해 교회에 온다는 말에 솔깃해 팬심에 전도를 당한 꼴이었다.

그런데 막상 교회에 가니 원장 선생님 옆에서 꼼짝 못 하고 예배만 들어야 했다. 내가 지금 여기서 이럴 때가 아니라 우리 오빠 왔는지 찾으러 다녀야 하는데, 원장 선생님은 이런 내 마음을 아는지 모르는지 1부 때는 꼭 자기 옆에 앉게 했다. 2부 때는 청년부, 학생부로 나눠서 예배를 드리러 10분이나 걸어가야 할 정도로 교회가 무척 컸다. 온 동네를 다 교회로 쓰는 듯했다.

학생부 친구들에게 우리 오빠는 언제 오냐, 어디서 볼 수 있냐 물어보니 친구는 내 손을 잡고 어딘가로 데려다주었다. 그곳은 바로 우리 오빠의 부모님이 매일 앉는 자리였는데, 어머님께서는 팬들이 앉는 자리를 따로 관리하고 계셨다. 도대체 이렇게 많은 사람이 어떻게 알고 교회까지 찾아오는지… 모두가 나의 경쟁자였다.

나는 그 자리를 알게 된 후로는 원장 선생님 옆자리를 벗어나 매일 그곳에 앉아 어머님께 인사드리고, 예배를 드렸다. 하지만 오빠 없는 교회는 팥 없는 찐빵 같았고, 그런 날이면 예배 시간에 꾸벅꾸벅 졸기 바빴다. 나에게 허락된 믿음은 언젠가 이곳에서 우리 오빠를 마주할 수 있을 거라는 희망뿐이었고, 어느 날 드디어 꿈에 그리던 오빠가 교회에 왔다.

초롱초롱한 눈빛으로 예배를 드리는 오빠처럼 나도 어디 한번 예배를 들어볼까 하고 처음 목사님의 예배를 듣는데, 목사님이 자기 잘난 맛으로 사는 분 같았다. 신문을 눈앞에 들이대고 봐도 글자 하나하나가 또렷이 읽힌다는 둥, 뙤약볕에서 햇빛을 뚫어지게 쳐다볼 수 있다는 둥 자신을 신격화하는 이상한 연설뿐이었다. 이뿐 아니라 하나님의 선택을 받아 잠자리(곤충)가 본인을 졸졸 따라다닌다는 이상한 간증들을 계속해댔고, 결혼한 여자 집사님들은 한복을 입고 예배를 드리게 했다.

또 기도 시간에는 아픈 곳에 손을 얹고 있으면 목사가 해주는 기도로 낫게 되는 기적을 보여주겠다고 했다. 내 사연을 들은 우리 오빠의 어머니는 나에게 본인 손수건을 주면서 얼굴에 감싸고 기도를 하라고 했다. 하나님을 어떻게 불러서 뭘 해달라고 해야 할지 몰라 '하나님 안녕하세요. 하나님이 정말로 존재한다면, 제 얼굴이 낫는 기적을 저에게 보여주세요. 감사합니다. 아멘'을 마음속으로 말했다.

교회를 다니는 동안 이상한 점은 너무나 많았지만 이렇게 수만 명이나 되는 사람들이 전부 이상한 사람들은 아닐 거라고, 무엇보다 우리 오빠가 다니는 교회라며 합리화를 했다. 그렇다. 그저 난 연예인에 환장해 있던 소녀팬이었다.

그러다 '1999년에 목사 신격화와 구원론을 이유로 이단으로 판명되었다'는 기사를 접했다. 사실을 알게 된 후 더는 그곳에 가지 않았는데, 다른 사이비 종교처럼 왜 나오지 않냐며 괴롭히는 일이 없어서 그나마 수월하게 교회를 빠져나올 수 있었다.

TMI : 그 목사는 "천국에서도 이렇게 한다"는 말도 안 되는 말로 수십 년간 수많은 신도를 상대로 성추행과 강간을 일삼은 죄로 현재 수감 중이다.

첫 번째 겨울, 두 번째 한의원

크고 작은 병원을 몇 군데 거치면서 진전 없는 상황에 조금씩 지치기 시작했다. 응급실에선 신경외과에 가라, 신경외과에선 더 큰 대학 병원에 가라 하면서 뺑뺑이 돌리듯 했고, 대학 병원에선 CT 검사를 해도 이상 소견이 없다 하니, 처방해준 스테로이드 약을 먹고 가만히 지켜보기보단 차라리 침을 놓고 물리 치료를 해주는 한의원이 더 낫겠다 싶었다.

이후 한 달 넘게 계속 한의원을 다니며 치료를 받았다. 그런데 매일 학교를 마치고 침을 맞으러 다녀도 굳은 얼굴은 조금도 움직일 기미가 안 보였다. 하는 수 없이 동네에 있는 다른 한의원에 가보기로 했다. 두 번째 한의원은 치료실을 비롯해 물리 치료실, 입원실, 엑스레이 촬영실까지 있는 5층짜리 '빌딩 한의원'이었다. 허름한 단칸방 같던 첫 번째 한의원보다 건물 규모나 방문자 수의 측면에서 비교가 안 되었기 때문에 좋은 결과가 나올 거라는 예감이 들었다.

한의사 선생님은 내 상태를 보더니 역시나 한약을 지어 먹으며 침 치료를 병행하는 게 좋겠다고 했다. 맥을 짚으면서 더위를 많이 타는지, 추위를 많이 타는지 물어보기도 했는데, 그동안 살면서 한 번도 내가 더위와 추위 중 어떤 걸 많이 타는 체질인지 생각해본 적이 없었다.

"잘 모르겠어요. 더운 날엔 더위를 많이 타고, 추운 날엔 추위를 많이 타는 것 같아요."

이곳에서 한약을 지어 먹으며 이전 한의원과 크게 다르지 않은 진료를 받았다. 매일 같이 얼굴, 머리, 손, 다리, 발가락에 침을 맞았다. 침은 매번 똑같은 위치에 놓였고, 몇 달 동안 하루도 빠짐없이 꾸준히 다니며 한약도 꾸준히

먹었다.

한약을 먹는 동안에는 밀가루, 튀긴 음식, 카페인, 탄산음료처럼 먹으면 안 되는 음식들이 많아도 너무 많았다. 세상의 맛은 기름과 밀가루에서 나오는 법인데, 밥만 먹고 어떻게 견뎠는지 매일 수업 시간에 수업 필기는 안 하고 먹고 싶은 것만 적어 내렸다. 떡볶이, 토네이도 감자, 가래떡 튀김에 데리야키 소스 바르고 치즈 토핑까지, 김치전, 피자, 햄버거, 돈가스… 나중엔 누가 볼까 봐 글자 위에 글자를 썼다. 아픈 것도 서러운데 먹는 것까지 조심해야 하다니. 무슨 맛으로 살아.

그렇게 투덜거리다 보니 낫지 않은 채로 어느덧 겨울이 되었다. 안면 마비는 추위에 약하다. 얼굴에 찬 기운이 들면 회복이 더딜 수 있어 추위에 단단히 대비해야 한다. 외출할 땐 면 마스크를 쓰고, 그 위에 목도리로 한 번 더 얼굴을 눈 밑까지 감싼 다음, 내복을 입고 교복을 입고 후드집업을 입고 모자를 걸친 뒤 패딩까지 입어야 비로소 외출복이 된다. 나는 얼굴 전체를 꽁꽁 감싼 인간 눈사람이 되어 숨 막힌 채 겨울을 보냈다.

아, 그래도 덕분에 당시 중학생들 사이에서 유행했던 산악용 잠바들을 컬렉션으로 입고 다닐 수 있었다. 고마워요, 노스페이스!

오동나무 사랑 걸렸네

우리 할머니와 할아버지는 옛날부터 미신이나 민간요법을 잘 믿었다. 밤에 휘파람을 불면 뱀이 나타난다거나, 손톱을 깎을 때 콧기름을 묻히고 변기통에 버려야 한다거나….
이번에도 할머니는 오동나무 가지로 안면 마비를 고치는 민간요법을 알아내 새벽부터 일어나서 동네에 있는 밭과 산을 돌아다닌 끝에 양손 가득 오동나무를 구해 왔다. 내가 자는 새벽에 나가 아침에 돌아온 것을 보니 한참을 돌아다니신 것 같다.

할머니가 들은 민간요법은 오동나무 가지를 꺾어 입에 걸고 하룻밤만 자면 마비된 입이 자는 동안 다시 돌아온다는 것이었다. 나뭇가지가 굳어진 입을 계속해서 당겨주면서 풀어준다는 논리 같았다. 할머니는 입에 걸 만한 나뭇가지를 찾아내 'ㄱ'자로 모양을 다듬고, 한쪽에 노란 고무줄을 엮어 귀에 걸고 잘 수 있는 치료 기구를 뚝딱 만들었다.

원리는 이랬다. 'ㄱ'에서 'ㅣ' 부분 끝에 노란 고무줄을 묶어 귀에 걸고, 'ㅡ' 부분을 입에 물고 있으면 꺾인 'ㄱ'자 모양의 나뭇가지와 고무줄이 내 입꼬리를 귀 쪽으로 팽팽하게 쭉 당긴다.

그 상태로 거울을 보니 왼쪽 입이 이렇게 많이 올라간 모습은 정말 오랜만이었다. 나무를 물고 있는 왼쪽 입이 제대로 오므려지지 않아 그 사이로 자꾸만 침이 고여 웃음이 났다. 자고 일어나면 얼굴이 나아 있을 거라는 부푼 기대를 안고 잠자리에 들었고, 다음 날 아침에는 일어나자마자 거울 앞으로 가서 얼굴이 돌아왔는지 확인했다.

하지만 야속하게도 그대로였다. 할머니도 아침마다 내 인기척을 들으시고는 드디어 얼굴이 돌아왔는가 하고 활짝 웃는 표정으로 쳐다보았지만, 난 할머니께 웃는 표정을 지

어드리지 못했다.

할머니는 며칠만 더 해보자고 했지만, 귀에 걸어놓은 노란 고무줄 탓에 귀가 빨갛게 부어올라 가렵고 쓰려서 힘들었다. 할머니는 "우짜면 좋을꼬…" 하며 생각에 잠기시더니, 어느 날 노란 고무줄을 휴지로 칭칭 감은 나뭇가지를 내 침대 밑에 두고 가셨다. 그걸 쓰면서 휴지가 헤지지 않도록 투명 테이프로 돌돌 말기까지 했다.

어쩌면 나보다 할머니가 더, 아니 내 바람과는 비교도 안 될 만큼 할머니는 누구보다 제일 내 얼굴을 낫게 해주고 싶었던 것 같다. 귀가 아파서 더 이상 나뭇가지를 못 걸고 자겠다는 내 말에 내가 더 아프지 않을 방법을 찾다가 휴지로 감싸놓은 이 나뭇가지를 붙들고 혼자 한참을 숨죽여 울었다. 주무시고 계신 할머니와 할아버지가 깨지 않도록. 그리고 오늘 밤 이걸 걸고 꼭 나았으면 좋겠다는 바람과 함께 잠들었다.

다시 교회

어디 가서 처음 다녔던 교회가 알고 보니 사이비 교회였다고 차마 말하고 다닐 수 없었다. 중학교 2학년이 되어 새로 친해진 친구는 모태 신앙이었고, 가족들 모두가 절실한 기독교 집안이라고 했다.

그 친구가 말해주는 교회의 모습과 하나님은 위대한 존재처럼 다시 나에게 다가왔다. 그러니 사이비 같은 종교들이 변질된 게 아닐까 하는 생각도 들었고, 난 친구의 권유로 다시 교회에 다니기 시작했다.

몇 번 다니다 보니 도란도란 가족처럼 지내는 이 교회가 무척 마음에 들었다. 무엇보다 목사님이 강단 있고, 멋있는 여자분이라는 점이 좋았다. 목사님께서 준비한 설교도 성경 위주로 엄청 탄탄하게 짜인 것 같았다.

하지만 여전히 기도 시간이 될 때면 긴장이 되었다. 여긴 어떻게 기도할까? 눈을 감은 찰나에 들려오는 울부짖는 '주여 3창' 소리와 방언들은 나를 다시 긴장시켰다. 아직 내가 방언을 하는 것도 아니고, 그냥 마음속으로만 기도하면 괜찮겠다 싶어서 교회에 계속 다녔다.

친구 따라 강남 간다더니, 난 친구 따라 서울까지 교회를 다녔다. 학교를 마치곤 친구와 함께 부흥회도 참석하고, 찬양 집회도 따라다니는 동안 마음이 치유되는 신기한 경험도 했었다.

한번은 우리 교회에 외부 초청 목사님이 오신 적이 있는데, 그분께서 헌금 시간에 감사 헌금을 낸 내 이름을 부르며 나를 찾으셨다. 재빨리 손을 든 나에게 목사님은 "하나님이 고쳐주신대요"라고 말했다.

나와 어떤 일면식도 없고, 인사도 나눈 적 없는 목사님이 내 이름을 딱 부르고, 심지어 하나님이 낫게 해준다니! 이게 바로 응답을 받았다는 건가. 하나님은 정말 계시는구나, 항상 내 기도를 듣고 계셨구나! 보이지 않는 큰 존재의 누군가가 내 아픔을 알고 있고, 나와 함께 아파하고 있다는 느낌을 받아 눈물이 막 흘렀다. 옆에서 친구가 얼른 "아멘"이라고 대답하라고 해서 떨리는 목소리로 겨우 "아멘"을 내뱉었다.

하지만 결론적으로 지금은 종교를 갖고 있진 않다. 성인이 된 이후 자연스럽게 음주가 일상이 되고, 가끔 주말에도 출근하느라 예배에 자주 빠지게 된 탓이다.

어느 날 친구에게 "그때 하나님이 분명 나 아픈 거 고쳐준댔는데 왜 아직도 안 나았을까?"라고 물으니 친구는 나에게 그때의 믿음을 아직 잘 간직하고 있냐고 되물었다. 사람이 늘 꾸준하고 한결같으면 좋겠지만, 술을 마시고 피치 못할 사정으로 교회에 빠지는 일들이 내 믿음에 대한 평가로 이어지는 것이 싫었다. 무엇보다 아무리 신앙생활을 유지하기 위해 노력해도 여전히 낫지 않고 있으니까….

그러고 보니 나는 하나님한테 좋은 말만 듣고 싶고, 하나님이 주는 변화만 얼른 맛보고 싶었던 것 같다. 어떤 날은 내가 하나님을 믿는 건지, 하나님이 목사님을 통해 응답한 말을 믿는 건지 의문이 들었다. 앞으로 다른 종교를 갖는다고 해도 내 이기심으로 어려움에 부딪힐 것 같다.

하나님, 부처님, 알라신, 모든 위대한 존재인 신들이여! 저 먼저 낫게 해주세요. 그럼 제가 열심히 믿어볼게요. 네?

하다 하다 이번엔 무당집

엄마는 유독 사주팔자에 많이 의지하는 편이었다. 사업을 시작하고 일이 잘 풀리지 않을 때마다 거리와 상관없이 용하다는 점집을 찾아가 사주를 보는 게 취미였다. 엄마의 요상한 취미를 말릴 순 없었지만, 굳이 그 취미를 함께하고 싶지는 않았다.

어느 날 엄마는 점을 보면 내가 아프게 된 이유와 나을 방법을 알게 될 것 같았는지 어디 가자는 말도 없이 그냥 따라오라며 나를 점집에 데려갔다. 점집은 상상했던 것처럼 깊은 산 속에 있지 않았고 일반 주택과 비슷하게 생긴 건

물에 있었다. 그래서 처음 점집에 들어섰을 땐 엄마의 지인을 보러 온 줄 알았다. 집 안은 서로 모르는 사이처럼 보이는 사람들로 가득했고, 오싹할 정도로 음산한 기운이 돌아서 그제야 나는 이상한 낌새를 느낄 수 있었다.

우리 차례가 되어 들어간 곳에는 무당과 제사상이 있었다. 무당은 나를 보더니 쉬이익 쉬이익 계속 휘파람을 불었다. 엄마에게서 자초지종을 들은 무당은 나를 일으켜 세우더니 팔과 다리를 벌리고 서 있으라고 했다. 그러고는 제사상에 올려둔 향초 하나를 집어 들어 내 몸 주위를 휘감으며 쉬이익 쉬이익 휘파람을 불어댔다. 그 바람에 불을 붙인 향초에서 타들어가던 재가 내 팔 위로 떨어져서 더욱 재수가 없었다.

무당은 이제 앉아도 된다고 하더니 최근에 이사를 하거나 집을 고친 적이 있는지 물어보았다. 중학교 1학년 여름, 오래된 헌 집을 부수고 집을 다시 짓는 리모델링 공사를 했었다. 무당의 말을 믿진 않았지만, 이상하게 들어맞는 상황에 내심 무서웠다.

엄마가 사실대로 집을 새로 지었다고 말하니 그때 공사하면서 수도를 막았던 것이 화근이라고 그곳에 지내던 조상님이 노해 내가 아프게 된 거라고 했다. 무서운 눈을 부릅뜨며 세상에 병의 종류는 두 가지로 나뉘는데, 나을 수 있는 병과 나을 수 없는 병으로 나뉘는 게 아니라 병원에서 고칠 수 있는 병과 신이 벌을 내려 병원에 다녀도 고칠 수 없는 병이 있다고 했다.

무당의 말에 기가 찼다. 집을 허물고 새집으로 공사하는 동안 할머니는 손 없는 날마다 집에 가서 공사 바닥에 이불을 깔고 자고 오거나, 가끔 나와 함께 가서 자고 왔다. 그때 할머니한테 왜 이렇게까지 해야 하냐고 물어봤더니 할머니는 그래야 조상님들이 좋은 집으로 만들어준다고 했었다. 그래서 새집으로 들어오기 전에 요강도 두고, 이불도 두고, 밥솥도 두고, 심지어 방 곳곳에 팥도 뿌려 놓기까지 했는데 뭘 더 해야 했을까?

그리고 공사를 하면서 누가 수도를 막아놨는지도, 그곳에 조상님이 지내고 있는지도 몰랐을뿐더러, 고작 그거 하나 막았다고 집안에 안 좋은 일이 생기는 게 옳은 건가? 웃기고 자빠졌네. 난 그런 좀팽이 같은 조상님 둔 적 없다. 설령 그렇다 쳐도 조상님이면 우리를 지켜줘야지 고치지도 못하고, 낫지도 못하는 벌로 병을 주다니. 수도 하나 막았다고 너무하다 싶었다.

집으로 돌아가는 길에 엄마에게 덜컥 짜증을 냈다. 오죽하면 점까지 봤을까 싶으면서도 당시 교회를 다니고 있는 나에게 어떠한 말도 없이 점집에 데려간 것이 짜증 났다. 엄마는 나지막이 지푸라기라도 잡는 심정이었다고 했다. 그 말을 듣고는 더 이상 엄마에게 짜증을 낼 수 없었다.

엄마는 집에 도착해 무당에게 들은 내용을 할머니에게 설명하고, 막아놓은 수도의 위치를 찾은 뒤 무당이 알려준 대로 그곳에 떡을 올려놓고, 물을 떠서 제사를 지냈다. 무당이 시키는 대로 물도 뿌리고 절을 하고, 기도도 했다. 속으로는 '이게 다 뭐 하는 건가' 싶으면서도 그렇게 생각하면 조상님이 더 노하실 것 같아 죄지은 것도 없는데 나도 손을 싹싹 빌며 절을 했다. 제사는 대문을 향해서까지 절을 하고 난 뒤에야 끝이 났다.

그나저나 요즘 무당은 약장수까지 하는지 기도비와 상담비, 부적도 모자라 무슨 양갱 같은 한약까지 팔았고, 당연히 엄마는 그 한약까지 사왔다. 저 양갱 같은 걸 그럴싸하게 항아리 같은 통에 담아서 기성품처럼 파는 걸 먹으면 픽이나 낫겠냐 싶었지만, 엄마는 한 통만 먹어보고 안 나으면 엄마도 다시는 그런 데 안 다니고 나도 데려가지 않겠다고 말했다.

엄마도 돈이 남아돌아서 부적에 한약에 기도 비용까지 들인 게 아니었을 것이다. 내가 낫기만 한다면, 어떤 수단과 방법을 가리지 않고 무엇이든 해보려는 엄마의 마음을 잘 알았기에 나는 마지못해 고개를 끄덕였다.

무당이 시킨 대로 제사도 지내고, 부적도 갖고 다니고, 양갱 같은 한약을 다 먹었음에도 얼굴은 낫지 않았다. 무당을 믿지 않던 내가 아주 잠시나마 일말의 희망을 품었다는 것에 대해 더욱 큰 상실감이 더해졌다.

도저히 안 되겠다 싶어 베개와 지갑에 넣어두었던 부적을 교회 목사님께 가져갔고, 목사님은 신도들을 모아 부적을 두고 기도한 뒤 태워버렸다. 속이 다 시원했다. 이딴 걸 왜 품고 있었는지.

엄마에게 전화를 걸어 부적을 태웠다는 말을 전했다. 정말 너무한다며 화를 낼 줄 알았던 엄마는 차분한 목소리로 알 겠다고, 잘했다고만 했다. 아마 엄마는 속으로 내가 더 부 적을 간직하고 있길 바랐을 텐데도 늘 그래왔듯 내 결정과 내 영역을 지켜주었다.

용하기로 소문난 세 번째 한의원

어느 날 할머니가 노인정에서 동네에 용하다는 한의원이 있다는 말을 듣고 와 함께 가보기로 했다. 금방 나을 줄 알았던 얼굴은 몇 개월이 지나도 쉽게 낫지 않았고, 한의원을 세 군데나 찾아 다니는 사이 나는 중학교 2학년이 되었다. 얼굴의 상태와 시간적인 측면으로 봤을 때 잠자코 희망을 기다리기보단 더욱 깊은 치료를 받아야만 했다.

학교를 마치고 혼자 할머니가 알려준 병원으로 향했다. 중년의 남자 의사 선생님은 교복을 입고 가방을 멘 채 진료실에 들어온 나를 보고 꽤 당황한 눈치였다. 어디가 아파서 왔냐는 물음에 안면 마비라고 말씀드리니 선생님의 당황한 기색은 곧 심각한 표정으로 바뀌었다.

"이미 시간이 많이 지난 만큼 치료도 길어질 것 같아요. 안면 마비는 보통 아무리 늦어도 1년 안에 오는 게 제일 좋은데… 일단 침 맞으러 치료실로 갑시다."

그동안 매일 같이 온몸 곳곳에 침을 맞은 연륜이 쌓인 덕분에 별 긴장 없이 침대에 누워 침을 맞았다.

"아악!!!" 선생님이 작정하고 침을 놓았는지 피부가 관통되고 찢어지는 새로운 고통에 그만 소리를 지르고 말았다. 이전 한의원들은 침을 놓을 때 플라스틱 통에 침을 넣어 '탁' 소리와 함께 가볍게 침을 놓고, 깊은 곳을 자극해야 할 때는 무척 조심스럽게 침을 살살 돌려가며 괜찮냐 물었는데, 이곳은 맨손으로 침을 콱 쑤셔 박았다(놓았다는 표현보다 박았다는 표현이 더 적합하다).

나는 오늘 처음 본 이 선생님에게 어떤 잘못도 하지 않았는데, 나에게 왜 이런 고통을 주시는지. 침이 박힌 손과 발이 저리고, 왼쪽에 박은 침이 오른쪽으로 뚫고 나오는 게 아닐까 싶을 만큼 고통이 상당했다. 입술에 침을 놓을 때는 정말이지 입술이 찢어질 듯했고, 인중과 눈가에 침을 놓았을 때는 눈물이 줄줄 흘렸다. 아파서 흘리는 눈물 반, 의도치 않게 흘리는 눈물 반. 계속 울어도 치료는 계속되었다. 무자비한 치료에 침을 놓을 때마다 긴장이 되어 몸을 움찔거렸다. 그동안 맞은 침이 자판기 커피였다면 이건 TOP다(이 패러디를 단번에 이해했다면 필시 나와 동시대 사람일 것이다).

침도 다른 한의원보다 더 굵은 걸 썼다. 그리고 대개 침을 맞은 채로 15~20분 정도 있는데, 이곳 타이머는 40분에 맞춰져 있었다. 아픔은 길고, 긴 시간은 긴 생각을 들게 한다. 도대체 의사 선생님이 침을 얼마큼 깊게 놓은 건지, 침을 맞는 동안 억울함이 물밀 듯이 밀려왔다. 서러워졌다. '왜 하필 나지? 왜 남들 다 걸리는 감기도 아니고, 얼굴에 마비가 온 거지? 금방 돌아오는 일시적인 질병이라더니 난 왜 이렇게 긴 시간 동안 아파야 하지? 친구들은 지금 놀고 있을 텐데 나만 왜 이렇게 아픈 시간을 보내야 하지?' 이 질문에 도무지 답을 내리지 못했다. 내가 아프게 된 건 내 잘못이나 누구의 잘못이 아니었으니 말이다.

치료를 마치고 밖을 나서면 늘 깜깜한 밤으로 바뀌어 있었다. 내 마음처럼 집으로 가는 길도 어두웠다. 힘들고 외로웠다. 얼른 집에 가서 할머니, 할아버지와 함께 있고 보호받고 싶었다. 매일 같이 계속되는 치료는 깊은 바다에 혼자 풍덩 빠진 아픈 기분을 들게 했다. 침을 맞는 동안 흘리는 눈물은 치료를 마치고 집으로 향하는 길에서도 계속되었다. 눈물에 많은 아픔을 실어 흘려보냈다.

어느 날 선생님이 오늘 나와 같은 안면 마비 증상으로 병원에 온 아주머니가 있는데 나처럼 치료 기간이 길어질 것 같다고 했다. 나는 얼굴도 모르는 그 아주머니가 무척 힘들진 않을까 걱정되었다. 이곳은 아무리 참을성이 좋은 사람이라 해도 견디기 힘들어할 곳이니까.

그래도 깊고 굵은 침을 참고 견딘 덕분에 몇 개월 동안 감기지 않던 뻑뻑한 눈꺼풀이 마침내 감기기 시작했다. 이후 몇 년 동안은 얼굴에 멍을 달고 살아야 했지만, 한의원은 소문대로 용했다. 한의사 선생님이 산신령처럼 보였다. 눈꺼풀 감겨줄게, 멍을 남겨 다오!

할머니 손은 약손

물 들어올 때 노 저어야 한다고, 회복에 가속도가 붙기 시작했으니 완치를 위해 병원 치료 외에도 정성스러운 노력을 들였다. 한의원의 마사지법과 종합 병원 물리 치료실에서 받았던 마사지 자세를 기억해서 할머니에게 알려주었다.

어렸을 때부터 조금이라도 아프면 할머니는 꼭 "할머니 손은 약손" 하면서 나를 어루만져주었고, 그 손은 정말 나에게 약손이었다. 할머니 손길이 닿으면 왠지 더 좋아질 것 같다는 예감에, 금방 나을 수 있을 것 같다는 느낌에 할머니에게 마사지를 해달라고 어리광을 피웠다.

할머니는 내 어리광이 귀찮았을 법도 한데 한 번을 마다하지 않고 매일 밤 나를 당신 무릎에 눕히고서 정성스럽게 얼굴 마사지를 해주었다. 할머니 손길에 혹시라도 아파할까, 손길이 거칠까 아기 다루듯 살살.

따뜻하고 부드러운 할머니의 손길이 좋았고, 마사지를 해주면서 어느 날엔 부처님을 찾고, 어느 날엔 영문 모를 누군가를 찾으며 우리 아기 그만 아프게 해달라고, 얼른 낫게 해달라고 기도하는 혼잣말도 좋았다.

한의원 치료 덕분에 이제는 눈꺼풀이 잘 감기는데도 불구하고, 할머니는 항상 마사지의 첫 순서였던 눈 마사지를 빠뜨리는 법이 없었다. 그 정성에 누군가가 기도를 들었는지 전혀 미동이 없었던 왼쪽 입꼬리가 힘을 주면 조금 올라가기 시작했다.

조금 더 힘을 주면 왼쪽 세 번째 어금니까지 보였다. 이후로 우리 가족에겐 '슬기가 왼쪽 세 번째 어금니까지 보이게 웃는지 확인하기'가 안부 인사가 되었다. 할머니의 따뜻한 손길이 내 얼굴을 미소 짓게 했다.

첫 번째 남자 친구

중학교 2학년으로 진학하자 드디어 나에게도 좋아하는 사람이 생겼다. 바로 옆 반 친구였는데, 우리 반에 가기 위해 매일 옆 반을 지나칠 때마다 우두커니 보이던 그 애는 한눈에 봐도 훤칠한 키, 동그란 눈에 까만 작은 코를 가진 예쁜 아기 곰 같았다.

안면 마비로 아프게 된 이후 처음으로 좋아하게 된 친구에게 비록 내가 아프다는 것을 고백하진 못했지만, 좋아하는 마음은 고백할 수 있었다.

친구는 학원을 마치고 늦은 시간에도 잠깐이라도 짬을 내어 우리 집까지 꼭 바래다주곤 했다. 함께 걸을 때마다, 문자를 할 때마다 나의 어떤 점이 좋아서 날 만나는 건지, 내가 좋아하니까 마지못해 만나주는 건지 궁금해서 몇 번이고 물어보곤 했다.

그럴 때마다 남자 친구는 매번 내 웃을 때의 모습이 좋다고 말해주었다. 처음 그 말을 듣고 혹시 장난하나 싶었는데, 그의 꿀 떨어지는 눈빛과 단호한 말투에서 진심이 느껴졌다. 아무리 그래도 그렇지, 아픈 사실을 모르고 있는 남자 친구라 해도 마비가 와서 제대로 웃지도 못하는 이 표정이 예뻐 보인다는 게 말이 되나 싶어 "웃을 때 어디가 예쁘다는 거야?" 물어보았다.

내 질문에 남자 친구는 내 얼굴을 빤히 들여다보았는데, 쑥스러워서 그만 웃음이 터졌다. 내 웃음을 보고 확신에 찬 듯 "눈이 예뻐. 웃을 때 눈이 예뻐서 웃는 게 예뻐"라고 대답했다. 콩깍지 꼈다는 말이 무엇인지 몸소 실감하게 해주었던 그 말 덕분에 나는 잠시 나의 웃음에 묻어나는 아픔을 딛고, 어떠한 걱정 없이 편히 웃을 수 있었다.

이 친구와는 그때 무슨 우리가 사랑이었냐며 현재까지 친구로 잘 지내고 있다. 요즘도 종종 연락을 주고받는데, 독립출판으로 먼저 책이 나왔을 때 그 친구는 내 책을 읽다가 자기 이야기가 나와서 깜짝 놀랐다고 했다. 그러면서 한편으로는 그 기억을 소중히 생각해주고, 자기의 말 한마디가 이렇게까지 귀하게 여겨지는지 미처 몰랐다며 감동했다.

덧붙이는 말로 10년이 지난 지금도 너는 웃는 모습이 제일 예쁘고, 그 모습이 제일 좋다고, 그때 그렇게 말했던 것도 정말 웃는 모습이 예뻐서 진심으로 전했던 말이라고 했다. 아! 물론 첫사랑의 아련한 고백 같은 느낌은 전혀 아니었다. (떡밥 회수)

복병을 만나다

내 나이 열여섯. 어느덧 해가 세 번 바뀌어 2014년, 2015
년, 2016년의 여름이었다. 이제는 제법 힘을 주면 눈을 감
을 수 있게 되었고, 입꼬리도 들썩 올릴 수 있는 수준이 되
었다. 안면 마비에 걸리고 무엇 하나 내 마음대로 할 수 없
었는데, 몇 년 만에 내 의지대로 조금씩 힘을 내서 움직여
주는 눈과 코와 입에 고마울 정도였다.

그런데 눈에 띄게 호전된 증상에 감격하기도 전에 생각지
도 못한 복병을 만났다. 차분히 눈을 감아보았더니 왼쪽
입꼬리와 왼쪽 목 근육이 함께 움직이는 것이 아닌가. 이

번엔 입꼬리만 올려보니 자연스럽게 눈이 저절로 감기고 왼쪽 목 근육이 함께 움직였다.

한번 콧구멍에 바람을 넣어보았다. 왼쪽 콧구멍에 미세하게 힘이 들어가니 마찬가지로 눈과 입과 목 근육이 함께 움직였다. 다시 이마만 치켜 올려보았다. 이번에도 마찬가지였다. 입, 왼쪽 목 근육이 함께 움직였다. 얼굴 근육 전체를 한 줄로 엮어 줄다리기로 한 번에 당기는 느낌.

휴대폰이 뜨거워지도록 이 증상에 대해 검색해보았다. 밤새도록 찾아본 결과, 지금 내 증상은 얼굴이 회복되는 과정에서 눈, 이마, 입가의 신경이 비정상적인 경로로 연결되어 나타나는 안면 마비 후유증이며, 이런 증상을 '연합운동'이라 일컫는다고 했다.

왜 나한테만 이런 일이

큰삼촌의 지인을 통해 서울에서 유명한 대학 병원 신경외과 선생님의 진료를 받을 수 있게 되었다. 열여섯 살 생전 이렇게 먼 곳에 있는 병원에 가긴 처음이었다. 버스를 타고 지하철을 세 번이나 환승한 후에야 도착한 병원에서 또 긴 시간을 대기해야 했다.

매번 병원 대기실에선 기다림의 연속이, 진료실에선 때아닌 서커스 공연의 연속이 펼쳐졌다. 되지 않는 '아에이오우'를 억지로 하며 얼굴을 잔뜩 구긴 모습을 보여주는 게 필수 코스였다.

보는 사람도 심각하게 만들고, 하는 사람의 마음은 더 편치 않게 하는 이 공연을 도대체 언제쯤이면 끝낼 수 있을까. 남들 앞에서 표정을 지어 보이는 일은 익숙해지는 법 없이 늘 나를 수치스럽게 했다.

선생님께 마비된 왼쪽 얼굴의 신경이 한 번에 움직이게 되었다며 증상을 보여드렸다. 속으로는 간절히 "걱정하지 마세요. 병이 낫는 중에 나타나는 증상입니다"라는 말을 듣고 싶었으나 내 간절한 마음과는 다르게 인터넷으로 알아본 연합 운동 증상이 맞았다. 후유증이 생겼다는 건 곧 치료 시기를 지나쳤다는 의미이기도 해서 별다른 치료 방법이 없다고 했다.

그동안 안면 마비를 고치기 위해 하루도 빠짐없이 이 병원 저 병원 다니며 아픈 치료들을 입술 꾹 깨물고 눈물로 버텨냈는데, 그 보상으로 차근차근 좋아지고 있다고 희망에 찼는데 도대체 왜, 왜 나한테만. 왜 하필 나만. 앞으로 얼마나 더 힘들게 하려고 날 가만두지 못해서 안달인지.

억울했다. 우리나라 의료 기술이 엄청나게 좋아서 외국 유명 인사도 우리나라로 원정 수술을 하러 온다는데 왜 나는 수술도 할 수 없고, 뚜렷한 치료 방법도 없는 건지….

절망에 빠진 나를 구하고 싶었는지, 의사 선생님께서는 근처에 자신이 아는 신경외과 교수님이 운영하는 연구소가 있는데, 원래 일반 환자를 진료 보는 곳은 아니지만 본인이 미리 연락해둘 테니 그곳에 가서 상담을 받아보라고 권유했다.

힘겹게 찾은 일말의 희망

주소와 전화번호만 적힌 종이를 들고 무작정 택시를 잡았다. 낯선 길목에 들어서서 택시에서 내렸는데, 아뿔싸 종이엔 빌딩 이름이 적혀 있지 않았다. 택시비가 무색하게 우리는 한참을 헤맸다.

당시엔 스마트폰이 보급되지 않았던 터라 지금처럼 편하게 지도 앱의 도움을 받을 수도 없었는데, 설상가상 우리 엄마는 대단한 길치였다. 한참 동안 뙤약볕 아래에서 빌딩 찾기가 계속되었고 더위를 먹은 채 길을 묻고 물어 겨우 주소와 맞는 빌딩을 찾았다.

'딩동!' 벨을 울렸으나 반응이 없어서 다시 벨을 울리고 기다렸다.

"…누구시죠?"

'뭐야 이 경계 섞인 목소리는… 의사 선생님이 미리 말 안 했나?'

"○○연구소 맞나요?" 엄마가 물었다.

"잠시만요."

뚝. 긴 침묵이 이어지다 한참 후에 초인종 너머로 어디서 왔냐는 질문이 들려왔다.

"아, 소개받고 왔는데요. 혹시 연락 못 받으셨나요?"

우리가 무슨 불법으로 운영되고 있는 곳에 무작정 쳐들어온 것도 아닌데 손님을 대하는 태도가 영 못마땅했다. 안에서 한참 우리의 신분을 확인하는 듯했다. 이번엔 문 너머로 말소리가 들려왔다.

"어디가 아파서 오신 거죠? 진료를 원하시는 건가요? 여기 진료를 보는 곳이 아니에요."

"○○대학 병원 ○○ 선생님 소개받고 왔습니다. 우리 딸아이를 치료해줄 수 있을 것 같다고 해서요."

"잠시만요. (웅성웅성) 들어오세요."

도대체 얼마나 대단한 곳이길래 이런 철통 보안 속에 운영하는 건지, 마침내 문이 열렸다. 연구실에 들어서자 공기의 온도가 확 바뀌었다. 바깥은 찜통이었는데, 이곳은 스산한 기운이 들었다. 초인종으로 이야기를 나눈 사람은 연구실 조교처럼 보였다. 그 사람의 안내로 마침내 해당 교수님을 만날 수 있었다.

바깥에서 목이 빠지게 기다리다 지칠 대로 지친 우리와 다르게 교수님은 차분하게 나를 바라보더니 다짜고짜 치료 전후 모습을 촬영해서 보여주겠다며 캠코더를 들이댔다. 무척 당황스러워 멍하니 쳐다보자 그저 확인용으로 촬영하는 거라며 나를 안심시켰다. 그러고는 마치 〈순간포착 세상에 이런 일이〉에 나올 법한 특종을 잡은 듯 인터뷰를 하기 시작했다.

"언제부터 아팠어요?" "안면 마비 증상이 언제 어떻게 나타났죠?"

질문들과 함께 웃는 표정부터 찌푸린 표정, 이마를 치켜올렸을 때의 표정, 콧구멍을 벌리는 표정, 아에이오우를 하는 표정까지 선생님은 캠코더 속에 나의 표정을 최대한 다양하게 담으려고 했다.

사람 눈을 보고 할 때만큼이나 수치스러운 일이었지만, 교수님은 내 기분 같은 것은 아랑곳하지 않고 교양과 배려따위 없는 모습으로 촬영을 이어갔다. 그 옆에서 조교로 짐작되는 사람과 함께 그 영상을 보았고, 엄마는 멀찍이 앉아 나를 보고 있었다. 이 소란스럽고, 유난스러운 곳이 못마땅했다.

치료 전 모습을 만족스럽게 담아냈는지 그제야 치료를 시작했다. 그런데 특이하게도 그동안 얼굴에 침을 맞던 치료와는 다르게 양쪽 손가락에 집게를 꽂아 신경을 자극하는 새로운 치료법이었다. 세 번째 손가락의 첫 마디부터 손등까지 촘촘히 점을 찍어 표시한 뒤, 연구소에서 개발한 의료용 집게 같은 것을 꽂아놓았다. 교수님 말로는 세 번째 손가락은 모든 신체와 연결되어 있는데 아픈 부위와 연결된 곳을 자극해서 그 부위가 나을 수 있게 돕는 치료라고 했다.

세 번째 손가락에 군데군데 집게를 꽂아둔 채로 30분 정도

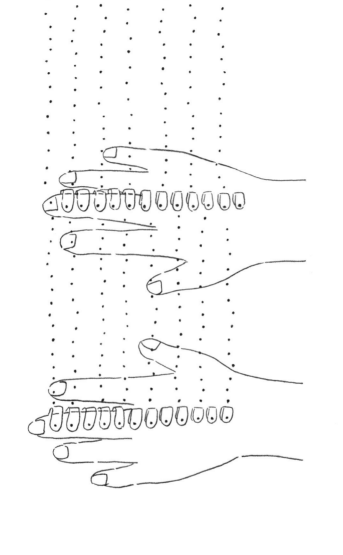

시간이 흘렀다. 집게를 떼어낸 후 교수님은 다시 캠코더를 들고 촬영을 시작했다. 치료 전에 지었던 표정들을 똑같이 지어보았다. 촬영이 끝나자마자 치료 전후 모습을 비교하기 위해 모두 캠코더 화면으로 눈을 모았다. 치료 전의 모습과 확연히 비교되는 치료 후의 모습. 내 모든 표정이 유연해져 자연스러워 보였다.

엄마는 동영상으로 차이를 확인하고는 너무 놀라서 눈물이 날 것 같다며 연신 "어떡해… 어떡해" 혼잣말을 했다. 엄마는 더 이상 말을 이어나가지 못하고 손으로 입을 막았다. 엄마를 쳐다보니 이미 엄마는 눈물범벅이 되어 있었다. 덩달아 눈물이 났다.

"세상에… 이렇게 바로 효과가 나타나고, 표정이 좋아진 적은 처음이에요. 아휴, 제 딸이 그동안 너무 고생했는데 이렇게 치료 한 번으로 쉽게 좋아지니까 정말 신기해서 믿어지지 않아요. 선생님 감사합니다. 정말 감사합니다. 제가 어떻게 감사의 마음을 전해야 할지 모르겠어요. 정말 저희의 은인이에요. 정말 감사한 마음을 어떻게라도 전하고 싶은데 치료비라도 꼭 받아주시면 좋겠습니다. 그렇게

라도 보답하고 싶어요."

교수님은 엄마의 눈물을 보면서도 여전히 침착하다 못해 차가울 정도로 치료비는 괜찮다며 끝끝내 거절했다. 그러고선 이곳은 연구소라 지속적인 치료는 어려우니 똑같은 치료를 계속 받고 싶다면 자신의 제자가 운영하는 한의원을 소개해주겠다고 했다.

엄마와 나는 연구소를 나와서도 눈물이 그치질 않았다. 어떻게든 마음을 전하고 싶었던 엄마는 낯선 동네를 누벼 빵집을 찾았고, 롤 케이크와 다양한 종류의 빵과 음료를 한 아름 사서 기어코 교수님에게 전했다.

교수님의 제자가 운영한다는 한의원은 분당에 있었다. 엄마는 집에서 멀리 떨어져 있는 그곳을 어떻게 다녀야 하나 고민하다가 성남에 사는 큰이모에게 전화를 걸었다. 엄마가 상황을 설명하니 큰이모는 정말 잘되었다며 고민도 하지 않고 여름 방학에 자기 집에서 지내라고 했다.

일주일 뒤 여름 방학이 시작되었다. 새로운 치료를 맞이할 준비와 함께.

손가락집게 한의원

당시 소문대로 용한 한의원을 다니던 중이었다. 산신령 같
은 의사 선생님께 여름 방학이 시작되면 침 치료가 아닌
다른 치료를 받으러 한 달간 다른 지역에 가야 한다고 말
씀드렸다. 마치 좋은 스승님과 이별하는 것 같은 아쉬움이
들면서도, 눈물 나게 아팠던 이 굵은 침들을 더는 안 맞아
도 되어 홀가분한 마음이 들었다.

중3 여름 방학이 시작됨과 동시에 큰이모네 집으로 가기
위한 짐을 챙겼다. 할머니, 할아버지와 처음으로 떨어져 지
내는 생활이라 걱정되었지만, 한 달만 떨어져 지내면 깨끗

하게 나을 수 있다는 기대감과 어릴 적부터 제일 좋아하던 큰이모네 식구들과 함께한다는 것에 금세 안정을 찾았다.

처음으로 혼자 시외버스를 타고 무사히 큰이모네에 도착했다. 병원은 이모네와 멀지 않은 분당 정자동. 다가올 치료가 앞으로 나에게 얼마나 많은 변화를 가져다줄까? 예전에 마비가 오지 않았을 때 내가 웃는 걸 보고 누군가가 잇몸이 왜 이렇게 많이 보이냐며 징그럽다고 한 적이 있었는데, 만약 다 나아서 활짝 웃었을 때 잇몸이 많이 보이면 그땐 어쩌지? 이런저런 안면 마비를 싹 씻겨낸 후의 삶까지 간지럽게 떠올리며 잠들었다.

다음 날 아침, 첫 진료를 위해 터미널에서 엄마를 만나 함께 병원에 갔다. 이제 막 병원을 개원했던 제자답게 젊은 남자 선생님이었다. 간단한 인사 후, 전체적인 몸 상태를 보기 위해 치료용 침대에 누웠다.

선생님께서는 내 양쪽 다리 길이가 다르다며, 자세 교정 기구로 옮겨 양쪽 다리를 한쪽씩 들어 올려보라고 했다. 그렇게 하자 한쪽 다리가 더 높게 올라간다면서 양쪽 다리에 가해지는 힘의 차이를 설명해주었다. 이곳은 다른 병원과 다르게 마비된 얼굴보다 몸의 틀어짐을 먼저 보는 것이 특이했다.

나는 다시 의자에 앉아 다른 데서 치료받을 때처럼 다양한 표정들을 지어 보였다. 자세와 표정의 틀어짐까지 모두 확인한 선생님은 문제를 알아냈다는 듯이 고개를 끄덕였다.

"지금 슬기 환자님의 아래쪽 턱이 너무 들어가 있는 탓에 마비가 온 것 같아요. 교정 기구로 턱을 앞으로 조금 당기면 얼굴 뼈 구조가 맞춰지면서 몸의 틀어짐과 얼굴의 마비 증상도 나을 수 있을 거예요."

턱을 앞으로 당겨준다는 교정 기구는 마치 복싱이나 레슬링 선수가 시합 때 치아 보호용으로 착용하는 마우스피스와 비슷했다. 재질은 치과에서 치아를 본뜰 때 쓰는 실리콘 느낌이었다. 임시용 교정 기구를 끼우고 방금 했던 모든 자세를 다시 취해보니 다리 길이도 맞춰지고 다리를 들어 올리는 힘도 똑같아졌다.

교정 기구는 제작하는 데 개당 20~30만 원의 적지 않은 비용이 들고 재질 특성상 찢어지기 쉽고 침 때문에 영구적으로 사용할 수 없어서 자주 교체해야 한다고 했다. 비용이 부담스러웠지만, 엄마는 치료에 좋다고 하면 언제나처럼 짧은 고민도 없이 그 자리에서 바로 교정 기구를 맞춰 주었다.

특이한 진료 순서와 처음 보는 새로운 기구, 그리고 연구소에서 경험했던 손가락 집게까지 얼굴의 변화를 즉각 확인할 수 있어서 그 어떤 치료보다 신뢰가 갔다. 의사는 자신 있게 한 달의 치료 기간을 장담했다.

이후 나는 일요일을 제외하고 주 6일을 이곳에서 치료받았다. 네임펜으로 집게를 꽂을 위치를 점과 작대기로 표시하고, 자체 제작한 의료용 집게로 손가락을 꾹 집는 치료였다. 주 6일을 쉬지 않고 집게로 집어대니 세 번째 손가락과 손등에 덕지덕지 딱지가 생겼다. 물론 얼굴에 멍드는 것보단 손가락에 딱지가 생기는 게 백배 천배 나았다.

턱 교정 기구는 온종일 물고 있어야 해서 중간에 침이 가득 묻을 때마다 물로 자주 씻어야 했다. 자는 시간에만 교정 기구를 뺄 수 있었는데 방학이라 아무것도 하지 않았지만, 교정 기구를 온종일 끼고 있다가 뺀 것만으로도 고된 하루가 끝난 것 같은 해방감이 들었다.

그런데 이상하게도 처음 진료를 받았을 때 즉각 나타나던 호전은 두 번 다시 보이지 않았다. 전혀 나아지는 것이 없었다. 특수 치료법이라며 다른 곳보다 훨씬 비싼 돈을 받던 이 새로운 치료가 끝날 때쯤, 병원은 어디 멀리 이사를 한다고 했다. 뜨거웠던 희망은 여름 방학과 함께 끝이 났다.

제가 완치되었다고요?

여름 방학이 끝나고 다시 집으로 돌아온 나는 이제 어떤 치료를 받아야 할지 또 길을 잃고 말았다. 아프게 된 후로 매일 한의원을 다니고, 대학 병원과 연구소에 분당 원정 치료까지 받으러 다니느라 지쳐버린 나는 결국 치료를 잠시만 쉬기로 했다.

그동안 있었던 일들에 대한 보상 휴가인 셈이다. 할머니와 엄마도 나를 좀 쉬게 해주고 싶으셨던 것 같다. 그래서 할머니와 엄마 앞에선 일부러 더욱 힘주어 웃었다. 할머니와 엄마를 안심시키기 위해 근육을 최대한 찢는 느낌으로 있는 힘껏 웃으면 할머니와 엄마는 더 큰 미소로 화답해주었다. 왼쪽 세 번째 어금니가 보이게 웃는 것은 우리 모두의 평화가 되었다.

그러다 언젠가 엄마 앞에서 무의식적으로 편히 웃었는데, 다시 어색해진 미소에 엄마는 "왜 그렇게밖에 못 웃어" "다시 얼굴이 안 좋아졌어?" "요즘 찜질은 하고 있어?" "얼굴 마사지는?" "치료 안 받는 동안 뭘 하는 거야?" "더 안 좋아지면 어떡하려고?" 하며 연신 걱정을 쏟아냈다. 모질고 이기적이었던 딸은 엄마를 안심시킬 생각은 안 하고 덜컥 화를 냈다.

"그렇게 노력을 했는데도 안 나아서 나도 지금 너무 힘들어. 병원이란 병원은 다 다니면서 아픈 치료들도 다 견뎌 냈는데 내가 여기서 뭘 더 어떻게 해야 해? 나았을 거면 진즉에 나았겠지. 무슨 저주에 걸린 것처럼 낫지 못해서 힘든 나한테 왜 그래?"

눈물이 주체할 수 없이 흘러서 혼자 방으로 들어가 문을 쾅 닫았다. 내가 미처 생각하지 못하는 순간에 상대방이 내 표정을 보고 내 아픔을 느꼈다는 사실이 너무 속상했고, 그 상대방이 하필 엄마라서 더 서러웠다. 누구에게도 내 모습을 보이고 싶지 않아 불을 끄고 계속 울었다.

울다 지쳐 억울한 마음에 안면 마비 치료에 대해 다시 알아보았다. 지식인, 카페, 블로그, 이미지 등 포털 사이트의 모든 카테고리를 섭렵하다 동영상 후기를 보게 되었는데, 아니 이게 뭐지? 지난번 연구소에서 촬영한 영상이 떡하니 올라와 있었다.

이거 나 아냐? 난데? 왜 이 영상이 여기에 올라와 있지? 분명 치료 전후를 비교하는 용도로만 찍어두겠다고 했던 영상이 연구소 소개 자료로 사용되고 있었다. 그때 넷이서 캠코더로 봤을 때도 수치스러웠는데, 분명 우리만의 일이었는데 이렇게 만천하에 공개되었을 줄이야.

손이 덜덜 떨리고 어떤 말도 나오지 않았다. 힘겹게 동영상을 재생했다. 동영상은 "오랫동안 안면 마비를 겪고 있던 어린 학생이 단 한 번의 치료를 통해 마비 증상이 90퍼센트 이상 호전되었습니다"라는 말도 안 되는 허위 사실을 담고 있었다. 심지어 이미 오래전에 올라와 10,000회 이상의 높은 조회수를 자랑했다.

'얼마나 많은 사람이 내 끔찍한 표정들을 봐버린 걸까? 그 중에 내가 아는 사람도 있을까? 치료법을 찾으려고 인터넷 검색을 자주 했는데 이걸 왜 이제야 발견한 거지?'

말도 안 되는 허위 광고 밑에 해당 교수를 찬양하고 나를 격려하는 댓글이 수두룩했다.

"환자분의 증상이 무척 심했는데 교수님께 치료받고 완치되어 정말 다행이네요! 선생님, 정말 대단하십니다."

완치라니…. 지금도 이렇게 웃을 때 치아가 덜 보인다고 엄마한테 꾸지람 듣고 울고 있는데, 이런 내가 저 동영상에서는 완치로 보이다니. 명백히 허위 광고였다. 분명 일시적인 현상이었고, 이후 소개받은 곳에서 장기 치료를 받았음에도 그 어느 하나 달라진 것 없었다.

그때 분명 동영상을 삭제한다고 했는데 왜 당사자의 허락도 없이 업로드까지 해서 이런 수치심을 주는 걸까? 당장 연구소에 전화를 걸어 고래고래 소리 지르며 따지고 싶었지만 워낙 늦은 시간이었고, 무엇보다 연락처도 몰랐다.

흥분한 상태로 밤을 지새운 나는 큰삼촌과 먼저 통화했다. 삼촌의 소개로 간 대학 병원의 교수님이 그 연구소를 소개

해주었기 때문에 삼촌을 통해 그곳의 연락처를 알아내기 위해서였다. 이런 말도 안 되는 상황에 단단히 화가 난 삼촌은 내가 연락해서 따지면 무시할 수 있으니 자신이 직접 전화해서 확인해보겠다고 했다.

한 시간쯤 지났을까. 삼촌에게서 연락이 왔다. 연구소에 전화를 걸어 항의하니 동영상을 올려도 된다는 허락을 받았다는 터무니없는 주장을 하더라는 것이다. 당시 그런 허락을 요청받지도 않았고 그 이후에도 마찬가지였다.

치료비를 내야 했다면 얼마든지 비용을 지불했을 것이다. 우리 집 형편이 그만큼 여유 있다는 얘기가 아니라 내 모습, 나조차 보기 힘겨운 저런 징그러운 표정들이 담긴 사진이나 동영상을 그 어떤 것조차 갖고 싶지 않기 때문이다. 행여 나 혼자만 볼 수 있는 상황이라 해도 그 자리에서 바로 삭제해버렸을 것이다.

말도 안 되는 연구소의 억지 주장에 삼촌이 당장 초상권 침해로 고소하겠다고 소리를 지르고 나서야 동영상을 내리겠다는 답변을 들을 수 있었다. 삼촌은 이제 걱정하지 말라고, 지금 바로 동영상을 내릴 거라고 위로했지만 전혀 위로되지 않았다. 나의 아픈 모습을 누구에게도 보이거나 알리고 싶지 않았는데 그건 이미 소용없게 되었으니까.

사과도 받지 못했다. 삼촌과 했던 통화에서도 죄송하다는 입장은 밝히지 않은 것 같았다. 나와 우리 가족에게 지울 수 없는 상처가 생겼다. 그것도 아주 큰 상처가.

쌍꺼풀 수술

중학교 2학년, 열다섯 살의 12월 31일에 쌍꺼풀 수술을 했
다. 안면 마비 때문은 아니고, 사춘기 소녀의 극성을 보다
못한 엄마가 나를 압구정의 성형외과로 인도했다.

실핀 끝에 쌍꺼풀 액을 묻혀 눈두덩이에 발라 쌍꺼풀을 만
들고, 다음 날 자고 일어나면 없어지니까 다시 눈두덩이를
괴롭히는 짓을 하루가 멀다고 했더니 결국 눈꺼풀이 쳐져
엄마도 두 손 두 발을 든 것이다.

의사 선생님은 수술 상담을 하다 주의해야 할 질병이 있
는지 물어보셨다. 나는 왼쪽 얼굴에 안면 마비가 와서 눈

이 잘 안 감긴다고 말했고, 선생님께서는 곰곰이 고민하다 혹여 마비 때문에 쌍꺼풀이 짝짝이로 잡힐 수 있으니 왼쪽 눈의 쌍꺼풀 라인을 오른쪽보다 조금 높게 잡아준다고 했다.

수술할 때 눈꺼풀을 뒤집고 마취 주사를 세 방씩 놓아서 아팠던 것 외에는 별 탈 없이 잘 끝났다. 부기가 빠지고 원래 쌍꺼풀이 있었던 것처럼 자연스러운 일상을 살아가다 보니, 수술 전에는 미처 못 느꼈던 안면 마비와 쌍꺼풀의 부조화가 눈에 들어왔다.

눈을 감을 수는 있지만 여전히 웃을 때마다 왼쪽 눈에 힘이 들어가지 않아서 쌍꺼풀이 풀린 것처럼 눈과 따로 놀았다. 오른쪽 쌍꺼풀은 정말 감쪽같은데….

가끔 너무 자연스러워 '이게 수술한 눈이라고?' 생각할 수 있지만 이래 봬도 160만 원짜리 비싼 눈이다. 하하….

보건소에서의 추억

고등학교 1학년 1학기가 끝날 때쯤, 할머니는 내가 머리가 커서 나를 키우는 게 힘에 부친다며 이제 다 컸으니 엄마, 아빠랑 살라고 했다. 할머니의 손녀 포기 선언으로 나는 부모님이 사는 동네의 고등학교로 전학을 갔고, 등하교도 훨씬 수월해졌다.

부모님은 회사를 운영하고 있어서 매일 늦은 밤이 되어서야 퇴근을 했고, 학교가 일찍 끝나던 나는 그 시간에 혼자 집에 있는 것보다 다시 치료를 받으러 다니기로 했다.

다닐 만한 마땅한 병원을 찾다가 우연히 지역 보건소에 침을 놓는 선생님이 있다는 사실을 알게 되었다. 그동안 한의원도 다녀보고, 대학 병원 신경외과도 다녀보고, 연구소까지 가보았는데 보건소는 처음이었다.

친구들과 놀고 싶은 마음에 보건소를 다닐까 말까 잠깐 고민했었는데, 친구들이 선뜻 함께 보건소에 가주겠다고 했다. 치료도 받고, 친구들과 놀 수도 있고 여러모로 좋았다. 또 보건소는 봉사 차원의 진료를 하는 곳이라 별도의 진료비가 들지 않았다. 이것도 쉽게 고민을 끝낸 이유 중 하나였다.

무엇보다 보건소를 다니는 것이 내가 할 수 있는 최소한의 노력이었다. 완치에 대한 기대감보다 마음의 짐을 덜기 위해 매일 같이 보건소로 친구들과 함께 하교했다.

보건소엔 많은 지역 주민들이 찾아왔다. 침을 맞는 동안 가만히 누워 있으면 문을 열고 들어오는 사람들의 목소리와 이야기를 듣고 그 사람들은 어떤 사람인지, 어디가 아프고, 어쩌다 아프게 되었는지, 오늘은 어떤 일이 있었는지 커튼 너머로 엿들으며 혼자 킥킥 웃어댔다.

한의원이랑은 다르게 보건소엔 내 또래 친구들도 많이 오는 듯했다. 학교에서 담배를 피우다 걸려서 금연침을 맞으러 온 또래 학생, 아르바이트를 하기 위해 보건소에서 간단한 검사를 해야 하는데 길을 몰라 치료실 문을 연 아이, 그리고 몸이 불편하신 어르신들까지 많은 이야기를 듣다 보면 시간이 훌쩍 지나 치료가 끝이 났다.

치료가 끝나고 문밖을 나오면 항상 친구들이 대기 의자에 앉아 나를 기다리고 있었다. 나야 치료받으면서 오가는 사람들을 떠올리다 보면 시간이 금방 간다고 해도, 친구들은 아픈 나와 놀기 위해 삼십 분이고 한 시간이고 기다려주었다. 싫은 기색 없이 기다리는 걸 당연하게 여기던 친구들이 당시 나에게 큰 위로가 되었다. 별 기대 없이 받는 치료가 어느덧 일상이 되어 덤덤해질 수 있었던 건 이처럼 아픔을 함께 나누는 법을 알려준 친구들 덕분이었다.

보건소에서 치료받은 시절을 가끔 떠올릴 때면, 친구들이 앉은 의자를 비추던 따뜻한 햇볕과 "끝났어?"라고 반갑게 묻는 친구들의 손을 잡고 "자, 이제 놀러 가자!"라고 말했던 기억이 생생하다.

옆모습 병신

용돈을 벌어보겠다며 닭갈비 식당에서 아르바이트를 했었다. 그때 같이 일하는 아르바이트생들과 동갑이었는데도 선뜻 친해지기 어려웠다. 일은 생각보다 힘들었고 불편하기까지 했다. 그러다 한 친구가 먼저 장난을 걸어준 덕분에 어색했던 시간을 허물고 나름 가까이 지내게 되었다. 친구는 내가 불편하지 않도록 말도 자주 걸어주고 잘 도와주고 잘 웃어주었다. 덕분에 힘든 아르바이트 생활이 조금은 나아지는 듯했고, 친구에게 항상 고마운 마음이었다. 그렇게 두 달 정도 더 일하다가 그만두고 나는 고등학교

2학년이 되었다. 새 교실에서 처음 만난 짝꿍과 나는 서로 공통분모를 찾기 위해 대화에 열을 올렸다. 모름지기 어색한 사이에선 공통점만큼 친해지는 데 특효가 없으니까.

그러다 아르바이트 이야기를 길게 하게 되었는데, 그때는 고등학생이 아르바이트를 구하는 게 흔치 않아서 아르바이트를 하다 또래와 친분을 쌓는 일이 꽤 흥미로운 화젯거리였다. 얼마 전 닭갈비 식당에서 잠깐 일했다고 말하니, 짝꿍은 깜짝 놀라며 그곳에서 자기의 친한 친구도 일한다고 했다. 알고 보니 내 기억 속 고마운 친구와 짝꿍의 친구가 같은 사람이었다. 그동안 그 친구의 안부가 궁금했는데 내 짝꿍과 자주 보는 친한 친구였다니. 우리는 신나고 반가운 마음에 그 친구에게 문자를 보냈다.

"너 김슬기 알아? 너랑 같이 닭갈비 식당에서 아르바이트 했다는데?"

띠링. 문자 알람이 울리자마자 우리는 "대박!" 소리를 지르며 답장을 확인했다.

💬 "김슬기? 아, 알아. 그 옆모습 병신 같은 애?"

이럴 수가. 이런 대박을 원한 건 아니었다. 우리는 서로 그 문자를 한참이나 멍하니 바라볼 수밖에 없었다. 내가 직접 말하기도 전에 짝꿍이 내 아픔을 알아버렸다는 것보다는 그 고마운 친구에게 나는 그냥 옆모습 병신으로 기억되고 있었다는 사실에 무척 당황스러웠다.

비록 잠깐 아르바이트를 하며 알게 된 친구였지만, 그 앞에서는 내 웃는 모습이 얼마나 일그러진 표정일까 걱정하지 않아도 된다고 생각했었는데, 후회되었다. 안면 마비 때문에 정면으로 사람을 대하는 데 자신이 없어 남들에게 옆모습을 보여주는 것이 나름의 대안이라 생각했다. 상대와 눈을 똑바로 마주칠 일이 없고, 시선도 덜 느낄 수 있었기 때문인데 아무래도 나만의 착각이었나 보다.

남들 눈에는 옆모습이나, 앞모습이나 그냥 병신 같이 보이는구나…. 그 뒤로 내 왼쪽 옆모습을 그 누구에게도 보여주지 않게 되었다.

새로운 원인을 찾다

친구들 덕분일까. 아니면 매일 치료를 받은 덕분일까. 그 것도 아니면 누군가에게 옆모습이 병신 같이 보일까 봐 걱 정했기 때문일까. 나는 다시 욕심이 생겨 보건소 대신 새 병원을 찾아 나서기로 했다. 이젠 눈 감고도 얼굴 어디에 침을 놓는지 알 정도로 수많은 병원에 다녔다. 그 덕분에 병원을 고르는 나름의 기준이 생겼다.

1. 보건소 진료보다 더 체계적이고 전문적으로 진료할 수 있는 곳
2. 그동안 병원에서 들었던 마비의 불확실한 원인 외에 새로운 원인

을 찾아낼 수 있는 곳

3. 학교에서 가깝거나 집에서 가까운 곳(보건소처럼 학교와 집 중간에 있으면 안 됨. 버스비가 두 배나 들기 때문.)

그러던 중 엄마가 집 근처에서 알아본 규모 있는 병원에 가보았다. 그곳은 내과와 신경외과 진료, 건강검진을 받을 수 있고 물리 치료실과 입원실까지 있는 곳이었다. 나는 신경외과 원장님의 진료를 받게 되었다.

원장님은 다른 병원들과 다르게 안면 마비의 새로운 원인을 다른 곳에서 찾아보자고 했다. 엑스레이를 찍은 뒤 "그렇지, 여기가 문제 맞네"라고 말하며 안면 마비의 원인으로 '목뼈'를 콕 집었다. 그러곤 목에 있는 힘줄 같은 근육을 콱 꼬집듯이 잡고 주물렀다. 아파서 그만 소리를 지르고 말았다.

"바로 여기가 딱딱하게 굳어 있어서 아픈 거예요. 이걸 참고 계속 풀어주다 보면 경직된 목 근육이 풀리는데, 지금처럼 수시로 계속 마사지하듯 풀어줘야 해요. 경직된 목을 딱딱한 채로 계속 두면 이 경직이 어깨랑 팔, 손까지 내려

오고, 심해지면 마비가 오지요. 그러니까 아파도 참아요. 잘 때도 베개 대신 수건을 돌돌 말아서 목에 베고 자고요. 자, 이제 되었으니 치료실로 갑시다."

통곡의 목 근육 마사지가 끝나고 바로 물리 치료실로 향했다. 신경외과 선생님인데 한의사처럼 침놓는 걸 보고 약간 불안했지만, '안면 마비에는 결국 침 치료가 답이구나, 최적의 치료를 연구하다 결국 양방과 한방의 장점만 혼합해 퓨전으로 치료하는구나…' 생각했다.

신경외과 선생님이 놓는 침뿐만 아니라 이곳에서 새롭게 받은 치료를 그동안 받았던 익숙한 치료와 나눠보았다.

익숙한 치료

1. 침을 놓는다.

2. 그 침에 선을 연결해서 전기로 신경에 자극을 준다.

3. 침을 빼면 얼굴에 찜질팩을 올려둔다.

4. 정형외과나 한의원에서도 보았던 익숙한 기기로 쭉 빨아들였다가 쭉 풀어주는 물리 치료를 한다.

1. 동그란 자석처럼 생긴 기계를 얼굴 곳곳에 지그시 대고 있으면 얼굴 전체에 경련이 일듯 자극이 온다(매우 아파서 전기 자극이 올 때면 온몸이 긴장된다).

2. 화이트 태닝 기계를 닮은 기기에 마사지 젤을 바르고 얼굴을 따뜻하게 한다.

3. 목 모양을 바르게 하기 위해 머리 전체를 띠로 고정해서 위로 쭉 올렸다가 다시 아래로 내리는 목 교정 기구를 사용한다.

치료가 체계적으로 늘어난 만큼 시간도 늘어났다. 매일 하루에 두 시간 가까이 치료를 받고 거울을 보면 치료에 지쳐 부은 얼굴과 마주할 수 있었다.

오른쪽 안면 마비

새 병원에 열심히 출석 체크를 하던 어느 날이었다. 마비가 오지 않은 오른쪽 얼굴까지 표정을 지을 때 뻑뻑하게 굳는 느낌이 들었다. 의사 선생님에게 말씀드리니 깜짝 놀라 토끼 눈이 되어서는 처음 만났을 때처럼 여러 표정과 동작을 해보라고 시키셨다.

오른쪽 얼굴에도 마비 증상이 왔다는 소견이 나왔다. 선생님은 얼른 치료해서 아직 증상이 미미한 오른쪽 마비를 잡아내자며 오른쪽 신경 치료에 집중했다. 그 말에 겁이 몰아쳤다.

'양쪽 다 마비되면 어떤 세상을 살아가게 될까? 한쪽 마비를 안고 살아온 지난 몇 년도 끔찍하게 괴로웠는데. 앞으로 어떤 표정도 아예 지을 수 없게 되면 어쩌지? 혼자 힘으로 입을 다물 수 있을까? 눈을 지그시 감을 수 있을까? 눈물을 흘릴 수 있을까?'

머릿속에서 온갖 생각이 난무했다. 그 생각들은 나를 끝없이 괴롭히면서 불안과 걱정으로 자라나 나를 깊은 곳으로 추락시켰다.

선생님은 내가 왼쪽 마비만 앓을 때와 분명 다른 상황임을 인지시켰다. 왼쪽 마비가 왔을 때는 초기 치료가 잘되지 못해 신경 회복에 후유증이 생기면서 완치가 늦어졌지만, 오른쪽 증상은 지금 자신이 확실하게 잡을 수 있으니 걱정하지 말라고 했다.

다행히 선생님 덕분에 오른쪽 마비 증상은 일주일을 넘기지 않았다. 죽으라는 법은 없었다. 불행 중 다행이었지만, 한편으론 아쉬움이 들었다. 왼쪽 얼굴은 그동안 좋은 의사 선생님이나 좋은 병원을 못 만나서 후유증이 남게 된 걸까? 어쩔 수 없이 아쉬움에 속상한 숨을 크게 내뱉었다.

우리 슬기 얼굴 아픈 거 나에게 주세요

어렸을 적부터 할머니, 할아버지 품에 자라온 나는 항상 그들의 유일한 걱정거리이기도 했다.

한번은 초등학교 입학을 앞두고 친척 언니가 앞머리를 내 주겠다며 가위로 내 앞머리를 몽땅 잘라버린 적이 있었다. 할머니는 내가 그런 모습으로 학교에 가면 놀림을 받을까 봐 걱정하며 나를 부둥켜안고 눈물을 보이셨다. 초등학교 5학년 때는 왕따를 당한 적 있는데, 학교에 가기 싫다며 울던 나를 보고 할머니는 속상한 마음에 나쁜 애들 없는 곳으로 멀리 전학을 가자고 하셨다.

나의 모든 아픔을 보살펴주던 할머니의 걱정을 그쳐드리고 싶었지만, 얼굴에 마비가 온 뒤부터 그럴 수가 없었다. 할머니는 줄곧 내 머리를 쓰다듬으며 입이 닳도록 말하셨다.

"어찌 우리 애기가 아플꼬. 이 늙은 할머니가 아프면 좋으련만. 부처님, 우리 슬기 얼굴 아픈 거 나에게 주세요. 이 늙은이는 이제 아무짝에도 쓸모없어서 아파도 아무 상관 없어요. 차라리 이 못난 할머니한테 주세요. 우리 슬기 아픈 거 나한테 갖다주세요. 우리 애기 아프지 않게만 해주세요."

항상 입이 닳도록 나 대신 본인이 아프겠다고 하시던 할머니였다.

어느 날 할머니로부터 전화가 왔다. 화장실에서 갑자기 머리가 핑 돌아 쓰러졌는데 힘이 없어서 한참 동안 화장실 바닥에 쓰러져 있다가 일어났다고. 일어나서 거울을 보니 얼굴이 이상하다고. 어디에다가 전화해야 할지도 모르겠고, 너밖에 생각 안 나서 전화를 걸었다고 했다.

할머니의 보호자로 구급차 안에 탄 나는, 나보다 더 놀라

고 불안해하는 할머니의 손을 꼭 잡고 걱정하지 말라고 했지만 나 역시 불안을 떨칠 수 없었다.

"조금만 늦었으면 정말 큰일 날 뻔했어요. 뇌 쪽에 문제가 있어서 얼굴에 마비가 온 것 같아요. 원인을 아니까 입원하고 치료받고 약 먹으면 금방 나을 거예요. 걱정하지 마세요."

의사 선생님의 말처럼 할머니는 수술 없이 마비 증상이 금방 호전되었다. 뇌에 생긴 병 때문에 평생 약을 챙겨 먹어야 하지만 정말 감사하게도 할머니는 현재 건강하시다.

항상 나의 작은 엄살에도 귀 기울이며 온 신경을 쏟아붓던 할머니는 정작 당신이 더 아픈 사람이었다는 걸 몰랐고, 나 역시 할머니의 아픔을 바보 같이 몰랐다. 내가 할머니를 아프게 한 것 같았다. 모든 게 나의 아픔에서 시작된 고통 같았다.

자잘한 치료 모음집

천주교 한의원

보건소를 다니다, 주말에 가끔 한의원에 다니다, 다른 동네에 있는 새로운 한의원을 알게 되어 병원을 또 옮기게 되었다. 곳곳에 성경 구절이 적힌 소품들이 놓여 있던 곳이었다.

다년간의 한의원 경험으로 미루어보면, 한의원마다 선생님들의 주 종목이 있는 것 같다. 누구는 한약을 잘 짓고, 누구는 뜸을 잘 놓고, 또 누구는 침을 잘 놓고… 이분의 주 종목은 자세 교정이었다.

선생님은 마치 자기가 매의 눈이라도 가진 듯, 우리 엄마에게 "슬기 환자님은 가만 보니까 ~ 같네요"식의 말을 많이 했다. 슬기 환자님은 생각이 많은 것 같네요, 체질 때문에 성격이 조심스럽지 못한 것 같네요 따위의 말들…. 맥을 짚으면 성격까지 짚을 수 있게 되나 싶었는데, 갑자기 치고 들어온 말.

"슬기 환자님, 믿는 종교는 있으세요? 내가 보니까 천주교가 딱 맞는데. 성당 다니면 도움이 많이 될 것 같아요. 교회처럼 시끌벅적 찬송가를 부르지도 않고, 그렇다고 절처럼 아주 조용한 곳도 아니고. 성당이 기독교와 불교 딱 그 중간이거든. 한번 다녀봐요. 진짜 도움 될 거예요."

말이 많으면 탈도 많은 법. 더는 그 병원에 가지 않았다.

기름칠 민간 치료

아픈 딸을 둔 탓에 엄마는 어느덧 정보의 신이 되었다. 인터넷이면 인터넷, 지인이면 지인. 안면 마비에 조금이라도 좋다는 것은 다 받아봐야 나중에 후회하지 않을 것 같다고 했다.

한번은 어디서 '모든 병이든 민간요법으로 3일 만에 낫게 한다'는 기적의 아저씨 이야기를 듣고 왔는지, 그분이 계신 곳으로 나를 데려갔다. 당연히 의사는 아니고, 마치 산속 생활을 하는 자연인 같았다.

그 선생님의 진료실(?)에는 산삼주, 민들레주, 벌주 같은 것들이 담긴 병이 가득했는데, 술이 아니라 모두 치료에 쓰이는 약이라고 했다. 환자의 병에 따라 각기 다른 약재의 기름으로 잇몸 마사지를 한단다.

그동안 자기가 완치시켰던 다양한 병들을 줄줄 읊으며 의료용 장갑을 손에 꼈다. 그의 기름칠 잇몸 마사지는 억 소리가 날 정도로 아팠다. 잇몸에서 피가 나는 기분이 들었는데, 나중에 끝나고 보니 잇몸 전체에 상처가 생겨 정말 피가 줄줄 나고 있었다.

어떤 병이든 세 번 만에 낫게 한다고 했으니까 안면 마비 정도는 별것 아니겠지, 세 번이면 다 낫겠지 싶어서 상처가 생겨 하얘진 잇몸을 두 번이나 더 건드려가며 치료를 참아냈다. 하지만 예상할 수 있듯, 남은 거라곤 잇몸 전체에 퍼진 구내염뿐이었다. 그는 그냥 야매 자연인이었다.

이번엔 사상 체질 검사를 하는 한의원이다. 사람마다 사상 체질이 태양인, 태음인, 소양인, 소음인 등으로 구분되는데, 체질에 따라 몸에 맞는 음식이 다르다고 한다. 내가 어떤 체질이고, 몸의 기운이 어떻고, 무엇을 먹고 무엇을 조심해야 하는지 알면 안면 마비에 조금이라도 도움이 될까 싶었다.

문진표 작성, 맥 짚기, 오장육부 눌러보기 등 3주에 걸쳐 많은 검사를 한 뒤에야 검사 결과가 나왔다. 정확히 기억은 안 나지만 나는 태음인이었던 것 같다.

한의원이 차 없이는 다닐 수 없는 먼 곳이라 우리 가족은 병원을 같이 다녔다. 일주일 중 월·수·금요일에 치료하러 다니고 주말은 할머니 집에서 시간을 보냈다.

여느 때와 다름없던 주말에 할머니가 김치찌개를 끓여주셨다. 할아버지와 내가 가장 좋아하는 할머니표 김치찌개. 할머니는 내 덕분에 오랜만에 김치찌개를 먹어본다며, 그동안 거동이 불편한 할아버지를 혼자 챙기느라 늘 밥을 물에 말아서 대충 끼니를 때웠다고 했다.

나는 할머니의 말이 계속 신경 쓰여 월요일에 병원에 들렀다가 집으로 돌아가는 차 안에서 생각했다. 앞으로 병원에 가지 않는 화·목·토·일요일에는 할머니와 지내겠다고. 다음 날 화요일, 나는 할머니 집으로 하교했다.

그런데 그 첫날 밤, 갑작스럽게 할아버지가 돌아가셨다. 할머니는 자기가 혼자 있을 때 돌아가시면 행여 할머니가 무서울까 봐 일부러 슬기 올 때까지 꾹 참고 버티다 돌아가신 것 같다고 했다.

이 말을 듣고 더 이상 병원에 갈 수 없었다. 장례식에서 돌아온 나는 다시 할머니와 살기로 했다. 이제 더는 낫지 않는 얼굴을 신경 쓸 겨를이 없었기에 더 나아질 기미가 보이지 않는 치료도 그만두었다.

표정과의 사투, 증명사진

낯선 이에게 나의 신분을 증명할 수단은 증명사진이 부착된 신분증뿐이다. 학교 출석부에 이름과 증명사진이 붙어 있으면 선생님이 학생 얼굴을 익힐 수 있고, 양쪽 귀와 눈썹이 보이는 사진이 담긴 여권이 있으면 세계 각국을 다닐 수 있다. 증명사진이 주는 증명의 효과는 어마어마하다.

안면 마비가 오기 전, 중학교 입학할 때 찍어둔 증명사진은 쌍꺼풀 수술을 하기 전이라는 이유로 어마어마한 흑역사다. 이후로는 마비가 와서 삐뚤어진 아픈 얼굴이 담긴 사진만이 나를 증명하게 되었다.

마비된 얼굴을 카메라에 고스란히 담는 스튜디오는 나의 수치심까지 오픈하는 스튜디오 같아서 꽤 불편한 곳이다. 입학 시기인 3월이면 사진관은 그야말로 문전성시를 이뤘고, 촬영 스케줄이 꽉 차서 속전속결로 사진을 찍는 촬영 기사님에게 차마 안면 마비가 와서 사진 찍는 데 어려움이 있다고 고백하지 못했다.

"활짝 웃어보세요"

"네."

"더 활짝 웃어보시겠어요?"

"(최대한 미소를 지어 보이며) 이렇게요?"

"아뇨, 편하게 웃어보세요. 그냥 자연스럽게."

남들처럼 감정을 표정에 담아낼 수 없는 나는 아무리 안간힘을 써도 미소가 활짝 지어지지 않았다. 이렇게 매번 증명사진을 찍을 때마다 표정과 사투를 벌여야 했다. 계속 눌리는 셔터가 무의미하게 삐뚤어진 얼굴도, 미소를 지을 수 없는 표정도 달라지지 않았다. 결국 포토샵 작업으로 이질적인 표정을 교정해주고 나서야 긴 사투가 끝이 났다. 촬영 후 포토샵으로 수정 작업을 할 때마다 내 아픔이 누군가에게 수고가 될 수 있다는 사실에 굉장히 속상했다. 그래서인지 성인이 된 후에는 한 번도 증명사진을 찍지 않았는데, 아마 학생 때처럼 1년에 한 번씩 주기적으로 증명사진을 찍지 않아도 된다는 점에서 큰 해방감을 느낀 것 같다. 회사 이력서나 주민등록증, 운전면허증에 필요한 증명사진도 고등학생 때 찍어둔 증명사진을 사용했다.

이제 20대 후반에 들어선 내가 고등학생 때 찍어둔 증명사진을 언제까지고 사용할 수는 없을 것이다. 그치만 아직까지 나에게 증명사진을 찍는 행위는 처음 본 누군가에게 아픈 얼굴을 밝히게 되는 꼴이나 다름없다고 느껴져 잃어버린 주민등록증마저 재발급하지 않고 버티는 중이다.

할머니와 나눈 대화

"할머니는 내가 언제 제일 예뻐?"
"뭣이 언제 예뻐, 항상 예쁘지."

"어디가 예뻐? 가령 얼굴이 예쁘다거나, 뭐 그런 거 말이야."
"아, 몰라. 암튼 좋아. 항상 예쁘지, 항상. 항상 예뻐."

"할머니는 내가 웃을 때도 예뻐?"
"예뻐."

"나 이제 웃어도 아픈 거 티 안 나? 얼굴 아픈 거?"

"웃으면? 어디 얼굴이 더 홀쭉해졌네. 얼굴이 좁아졌어.
먹기를 잘 안 먹은가? 얼굴이 째깐해졌구만. 밥을 잘 안
먹나 봐."

"아니~ 그런 거 말고 얼굴 아픈 거 티 안 나냐고~"

"(빤히 들여다보며) 모르는 사람들은 잘 안 난다고 하겠어."

"할머니는 날 잘 아니까, 할머니가 봤을 때 티 나?"

"모르겠서. 어떻게 웃으면 나던가?"

"(웃는 표정 지어 보이며) 어때?"

"잉, 그라믄 나."

"그래도 예쁘지?"

"그란디 얼굴이 진짜 적어졌다야. 요새 순전 못 먹는가 봐.
힘든가?"

"아니야~ 밀가루 끊어서 그래."

"밀가루 끊는다고 얼굴이 그렇게 째깐해져? 왜 밀가루 끊어. 빵도 먹고 그러지. 반찬 없으면 뭐 그렇게 그냥 음식 가려 먹지 말고 막 먹어."

"할머니 그때 놀랐지? 나 얼굴 아팠을 때."

"놀랐지. 깜짝 놀랐지. 아휴 아휴."

"할머니, 근데 나 이제 얼굴 아픈 거 괜찮아."

"괜찮하지. 그라믄 이제 안 아프니까."

"맞아. 치료도 안 하고 있고 그냥 이렇게 살려고. 그래도 괜찮지?"

"그라지. 문제는 무슨 문제가 있겄냐. 아프거나 뭐하거나 그런 게 아닌데. 그냥 보기가 조금. 어떻게 하면 티 나고, 어떻게 하면 괜찮고."

"내가 얼굴 아픈 거로 책 쓰잖아. 어떻게 생각해?"

"아픈 거로 책 쓰는 거? 왜 아픈 거로 책을 써. 마음이 안 좋지. 속상하게. 책 쓰믄 사람들 더 알게 되니께 숨기고 싶지. 내 딸 아픈 거."

"사람들이 더 알게 되는 게 왜 속상해?"
"좀 안 좋은 거라고 하면 괜히 더 안 좋게 볼까 봐. 아무 흠이 없으면 좋은데 입이 조금 불편하다는 걸 인제 알려지면 안 좋지."

"웃을 때 많이 이상해?"
"웃을 때는 좀 그래."

"할머니, 옛날에 오동나무 가지로 입에 거는 그거 만들어 주었잖아. 그때 오동나무는 어디서 구했어?"
"오동나무? 글쎄, 어디서 구했을까? 모르겠네. 저기 우리 밭에 가는 길에서 구한 것 같기도 하고. 아니면 노인정 뒤쪽에서였나?"

"오동나무인지 어떻게 알았어?"

"사람들이 가르쳐주니 알았지, 우째 알아."

"손으로 부러뜨렸어?"

"아니, 낫이 있어서 그걸로 쳤지."

"할머니, 내가 안쓰러웠어?"

"그럼! 지금도 안쓰럽지. 아유, 그 침 맞는 것도 안쓰럽고.
침 맞으면 쑤시고 찌릿찌릿하니, 그게 안쓰럽고 짠하지.
너 안 좋은 게 다 내 잘못인 것 같고…."

"할머니가 뭘 잘못해? 왜 그런 생각을 해?"

"몰라. 괜히 짠해. 그때 내가 널 데리고 있었으니까. 내가
잘했어야 하는디 잘못해서 그런 것 같고…."

"할머니, 그런 거 아니야. 그렇게 생각하지 마. 할머니가
나 오랫동안 키웠잖아. 근데 할머니가 원하는 만큼 내가
잘 자란 것 같아?"

"응."

"어떻게 자랐는데?"
"착하게."

"길게 말해줘."
"아유, 착하게 잘 자라줘서 고마운데, 내가 잘못해서 입이 그렇게 된 것 같아 속상해. 마음이 아파."

"자꾸 뭘 잘못했대, 할머니가."
"몰라."

"할머니, 마지막으로 앞으로 내가 어떤 사람으로 살아가면 좋겠어?"
"어떤 사람으로? 아니 뭐 평범하니 나이 먹으면 결혼도 하고, 애기도 낳고 그런 평범한 사람 만나서 행복하게 살았으면 좋겠지 뭐야. 그만하고 밥 묵자."

"아니 누구 만나고. 그런 거 말고 나 혼자만 생각했을 때 어떤 사람으로 살아가면 좋겠어?"
"아유 나이 먹으면 다 결혼하고 그러는 거지. 지금이라도 결혼하는 사람 만나는 게 소원이지. 뭐 가정 이루고 사는 거."

"그런 소원 말고, 할머니~"
"다른 사람들한테 귀여움받고, 착하고, 예쁘게 잘 살아갔으면 좋겠어."

"나 이렇게 아픈 얼굴로 살아도 괜찮지?"
"응 괜찮네."

"그럼 우리 이제 둘 다 맛있는 거 잘 먹고 건강하자~?"
"으응~"

"할머니도 살쪘다고 안 먹지 말고 잘 먹고 다녀~"
"응 알았어."

"할머니 오래오래 건강해야 해."
"알았어요~ 아유 오래오래 살면 뭐가 좋냐. 잘 저거 하면 좋을 것인디 모르겠어."

"할머니 사랑해유."
"사랑해~ 나두 우리 슬기 사랑해~"

2장. 스무살이후

침 치료의 최고봉

할아버지를 떠나보내고 시간이 흘러 어느덧 스무 살 대학생이 되었다. 2년 사이에 새로운 치료법이 나왔을까 싶어 오랜만에 찾아본 세상은 나에게 반가운 소식을 전했다.

침에 전기 자극을 주는 일반적인 치료가 아닌 매선침이라는 특수침으로 얼굴 신경을 새롭게 자극한다는 듣도 보도 못한 치료가 눈에 띈 것이다.

매선침은 침에 실이 달린 것인데, 침을 탁 놓으면 실이 얼굴 신경까지 깊게 들어가 손상된 신경을 자극하는 치료법이다. 사용되는 실은 일정 시간이 지나면 자연스럽게 녹아서 안전하고, 정기적으로 치료를 받으면 마비가 나을 수 있다는 논리였다.

인터넷으로 알아보니 매선침으로 안면 마비를 치료하는 전문 한의원이 있었다. 마침 1학기 종강 후에 특별한 계획이 없어서 다시 병원을 다니며 의미 있는 시간을 보내기로 했다. 병원 위치도 전과 달리 금방 갈 수 있었고, 무엇보다 온종일 남는 게 시간이었으니 새로운 기대를 품고 치료를 받았다.

침의 고통을 맛볼 만큼 맛본 나에게도 매선침은 신세계였다. 매선침을 놓자마자 실이 침을 놓은 구멍 사이로 빨려 들어가는 것처럼 순식간에 얼굴에 박혔다. 그 고통은 이루 말할 수 없었다. 그동안 맞은 침이 자판기 커피고, 용한 세 번째 한의원 침이 TOP라면, 매선침은 루왁 커피다.

치료를 받는 동안 하도 울어서 퉁퉁 부은 눈과 실이 가득 박혀 울퉁불퉁해진 얼굴로 늘 집에 돌아가야 했다. 손으로 얼굴을 살살 만져보면 피부 속 실이 고스란히 느껴졌다. 정말이지 아프면 서럽다. 도저히 견딜 수 없는 아픔을 견뎌내야 해서 눈물이 났고, 또 그런 내 꼴이 서러워서 눈물이 났다.

스무 살 8월의 여름부터 11월의 겨울까지 세 달 동안 얼굴을 숨기려고 항상 마스크를 쓰고 다녔다. 얼굴이 붓고, 멍든 채 수업에 들어가면 대학교 친구들은 화들짝 놀랐고, 나는 매일 눈물 셀카와 함께 얼굴 가득 매선침을 맞고 있는 사진을 찍어 친구들에게 보냈다. 이런 내 모습을 보고 차라리 나를 불쌍하게 여겨주길 바랐다. 그렇게라도 내 아픔에 대한 최소한의 보상을 받고 싶은 마음이었다.

병원비의 출처

책을 쓰면서 그동안 다녔던 병원들을 기록하다가 문득 이런 생각이 들었다. '난 진료받은 기억밖에 없는데, 그럼 그동안 돈은 누가 냈지? 매일매일 치료를 받고, 수많은 병원을 다녔는데?' 엄마를 불렀다.

"엄마, 나 병원 다니는 동안 병원비는 누가 냈어?"

"누가 냈긴. 엄마랑 할머니가 냈지."

난 정말 나만 이 힘든 시간을 버텨냈다고 생각했다. 그동안 방방곡곡 병원을 전전하면서 나만 힘들고 나만 아프다고 생각했는데, 내가 이만큼 다양한 치료를 여러 번 받을 수 있었던 건 모두 원활한 수납이 있었기 때문이다. 이 당연한 사실을 성인이 된 지금에서야, 커피 한 잔도 머릿속에서 계산하고 먹는 처지가 되어서야 물심양면으로 나를 뒷바라지해주던 할머니와 부모님을 떠올리게 되었다.

"엄마… 나 그동안 미처 생각 못 했어. 엄마, 내 병원비 내느라 너무 버거웠겠다. 엄마 너무 힘들었겠다. 정말."

"슬기야, 엄마라는 존재는 그런 거야. 부족함 없이 아프지 않게 키우고 싶은 거. 부모가 자식한테 뭘 바라겠어. 그저 우리 딸 건강하게 살게 해달라는 바람뿐이지. 돈이 아무리 많이 들어도 괜찮아. 우리 딸 낫기만 했었다면."

엄마의 소원은 항상 내가 아프지 않는 것이었다. 이번에 책을 쓴다고 했을 때도 엄마는 마치 부푼 꿈을 품고 있는 소녀처럼, 책이 유명해져서 특출 난 의사 선생님이 자기가 고칠 수 있다고 연락을 해주면 좋겠다고 손 모아 말했다.

난 정말, 지난 13년이라는 시간을 오로지 가족 덕분에 살아갈 수 있었다. 그래서 이렇게 책도 쓸 수 있게 되었다. 나의 모든 것이 되어준 가족이 없었다면 난 견뎌내지 못했을 것이고, 존재하지도 않았을 것이다.

두 번째 남자 친구

스무 살의 봄, 연애를 시작했다. 고등학생 때부터 호감을 느꼈던 선배와 간간이 연락을 이어나가다 스무 살이 되어 사귀게 된 것이다.

당시 남자 친구는 일찍이 취업전선에 뛰어들었는데, 지역 학교와 협약을 맺은 회사에 다니게 되었다. 마침 그곳엔 나와 제일 친했던 중학교 친구와 고등학교 때 같은 반이었던 남자애도 있었다.

내 남자 친구가 그 남자애와 같은 회사를 다닌다는 것이 썩 달갑지는 않았다. 그 애는 고등학생 때부터 워낙 장난기가 많고 산만한 캐릭터였는데, 언제부턴가 내 표정을 따라 하며 슬기 너는 왜 항상 그런 표정을 짓느냐고 무례한 장난을 마구 쳐댔던 놈이다. 참다못한 나는 그 진상에게 내 아픔을 고백하면서 앞으로 장난치지 말라고 부탁까지 할 정도였는데, 애를 여기서 다시 보게 되었다.

한번은 넷이서 술을 마신 적이 있다. 즐겁게 대화를 이어 가는데 그 진상이 취한 건지 아니면 나의 부탁을 그새 잊은 건지, 그것도 아니면 내가 아프다는 것조차 잊은 건지 대뜸 대화를 끊더니 "애들아 이거 봐. 나 슬기 완전 똑같이 따라 할 수 있다? 슬기야 이것 봐. 완전 너랑 똑같지?" 하는 게 아닌가.

마음 같아서는 마시던 술을 그놈 얼굴에 뿌린 후 자리를 박차고 나오고 싶었다. 그런데 내가 더 서러웠던 건 그 짓을 보고도 아무 말도 못 하던 남자 친구 때문이었다. 남자 친구 대신 이 상황을 지켜보던 내 친구가 진상이에게 "야, 너 진짜 적당히 해"라며 무례함을 지적했다. 진상이는 "왜? 뭐가 어때서?"라며 자기가 저지른 행동이 얼마나 몰상식한 행동인지 전혀 모른 채 어깨를 으쓱였다.

"그만하고 술이나 마시자."

하는 수 없이 상황을 수습하려고 내가 나섰다. 이 자리에서 나만큼 기분 상한 사람이 없을 텐데, 내가 나서서 분위기를 푸는 꼴이라니. 상황이 수습된 뒤에야 남자 친구도 어색한 분위기 속에 다시 술잔을 들었다.

친구들과 헤어지고 남자 친구와 함께 걸어갔다. 그에게 왜 아까 가만히 있었던 건지, 무슨 감정이 들어서 아무 말도 하지 않았는지 물어보지 않았다. 남자 친구의 묵언 수행 덕분에 남자 친구를 향한 감정이 순식간에 사라졌고, 그때부터 우리는 끝난 관계나 다름없게 되었다.

며칠 뒤 헤어지자는 내 말에 남자 친구는 이유라도 말해 달라고, 알려주면 맞추겠다고 말했다. 나는 그때 그 상황이 떠올랐지만, 이유조차 알려주고 싶지 않았기에 말을 아꼈다.

"그냥 노력하지 않아도 잘 맞는 사람 만나."

성형외과에서 품은 기대

오랫동안 성인이 되길 기다렸다. 성인이 되면 아프지 않은 얼굴로 살아갈 수 있을 거라는 희망이 있었기 때문인데, 그런 내 희망을 짓밟듯 성인이 된 현실에서도 아픈 얼굴은 그대로였다.

쌍꺼풀 수술을 받을 당시, 눈꺼풀을 뒤집어 마취 주사를 맞았던 고통을 두 번은 겪고 싶지 않았기 때문에 다시는 성형을 하지 않겠노라 다짐했었다. 그렇게 굳은 다짐을 했건만, 안면 마비 후유증을 성형외과에서 치료할 수 있다는 언론 기사와 사례를 보며 마음이 흔들렸다.

일부 성형외과에서 안면 마비 때문에 눈에 힘이 들어가지 않는 증상도 치료할 수 있다고 홍보를 하니 왼쪽 눈 모양이 계속 신경 쓰였던 나는 솔깃했다.

눈이라도 낫자는 심정으로 혼자 압구정에 있는 성형외과로 향했다. 지난번 쌍꺼풀 수술 때는 엄마랑 함께였는데 이번에 혼자 간 이유는 혹시나 치료가 어렵다면 그 소식을 함께 듣고 싶지 않기도 했고, 치료가 가능하다면 엄마를 깜짝 놀라게 해주고 싶었기 때문이다.

갓 스무 살에 혼자 서울까지 오니 혼이 쏙 빠져나가는 것 같았다. 병원에 갈 때만 서울에 오는 것 같아 마음 한편이 씁쓸했다. 숨도 못 고른 채 도착한 병원에서 안내데스크 직원은 어떤 상담을 원하는지 물었고, 나는 안면 마비를 치료하러 왔다고 했다.

곧이어 의사 선생님과 상담이 이어졌지만, 내가 인터넷에서 본 희망적인 내용은 들을 수 없었다. 홍보 영상 속 선생님의 자신감은 온데간데없고, 누군가가 진짜 이런 병으로 찾아올 줄 몰랐던 것처럼 자신 없어 보였다. 이 병원에서는 수술이 아닌 시술을 해주고 있었다. 마비된 눈꺼풀과 입에 필러나 보톡스를 넣어 신경에 긴장을 주는 정도라고 한다.

"어렵게 찾아왔겠지만, 사실상 이런 방법밖엔 없어요. 이게 안면 마비 후유증 치료의 한계입니다."

속상한 마음을 감출 길이 없었다. 병원을 나서는 길에 차마 엄마에게 전화를 걸 수 없었다. 어떤 소식조차 전할 수 없게 되었으니 말이다. 마음속 아주 깊은 곳이 무너지는 기분이었다. 이미 너무 멀리 온 것 같다.

면접과 첫인상

나는 고등학교를 졸업하고 대학 진학 대신 취업 전형을 택했다. 이른 나이에 일을 시작하는 것이 아쉽지는 않았다. 그저 얼른 내 힘으로 돈을 벌고 싶다는 의욕만 앞섰기 때문에 입사하면 열심히 일하고 뭐든 다 배울 준비가 된 것 마냥 자신 있었다. 하지만 입사 면접을 보는 일은 유독 자신이 없었다.

면접에서 가장 중요하다는 첫인상 때문이었는데, 내 표정으로 방글방글 웃음 짓다가 까딱하면 '쟤는 왜 비웃고 있어? 면접 보는 애가 저런 표정을 짓는 건 도대체 무슨 태도야?'라는 느낌을 주기에 충분했으므로 입사에 대한 열정을 진심 어리게 호소하기로 했다.

첫 면접은 대기업 C*였다. 나는 그 기업에 들어가고 싶은 이유로 내가 얼마나 그 기업을 자주 이용하는 고객인지 설명했다. 면접관은 자기네 계열사 중 어디를 자주 이용하는지 물었는데, 나는 그 질문을 타 기업 계열사도 알고 있는지 예시를 말하라는 줄 알고 S 기업의 놀이공원을 자신 있게 대답했다. 대답한 후에야 뭔가 잘못되었음을 느끼고 애써 웃음 지어보았지만, 이건 정말이지 '썩소'로밖에 받아들일 수 없을 것 같았다.

마지막으로 하고 싶은 말이 있느냐는 질문에 박카스 광고처럼 손을 번쩍 들어 "꼭 입사하고 싶습니다!"를 외쳤다. 내 열정이 통한 걸까. 결과는 뜻밖의 합격!

이후에는 친구의 소개로 운 좋게 인천국제공항에서 수화물을 체크하는 일을 하게 되었는데, 행여 승객들이 웃지 않는 내 표정을 보고서 컴플레인을 걸까 봐 별걱정을 다 했다. 일이 익숙해지고 나서야 그런 걱정을 하지 않게 되었고, 나중엔 더 전문적으로 일하고 싶어서 불쑥 공항 보안 요원 면접을 본 적이 있다. 결과는 당연히 탈락. 탈락의 이유는 면접 보는 내내 표정이 좋지 않아 특별한 인상을 심어주지 못해서라고 생각했다.

사실 모든 게 애꿎은 핑계였다. 경험이나 스펙이 부족한 상태로 면접을 보고 애먼 이유만 찾은 게 부끄럽지만, 이 마저도 오랜 시간이 흘러 세 번의 이직을 한 최근에서야 깨달았다. 아픈 얼굴을 핑계 삼아 부족한 내 모습을 숨겨가며 스스로 연민에 갇혀 있었다.

세 번째 남자 친구

공항 보안 요원으로 취직하기 위해서 면접 준비도 중요하지만, 그 직업을 갖기 위해 내가 얼마나 노력했는지 이력서에 적을 수 있는 근거들을 만들어야 했다. 낮에는 승무원 학원에 다니면서 보안 요원에 대해 공부하고, 지상직 승무원 업무도 배웠다. 밤에는 합기도장을 다녔다.

합기도장에 처음 들어섰을 때 구석에서 혼자 운동하고 있는 사람이 유독 눈에 들어왔다. 잘생긴 저 사람은 왜 혼자 운동을 하고 있냐고 다른 사람에게 물어보니, 3단 유단자인데다 이곳의 부사범님이라 수업을 듣지 않는다고 했다.

더 멋있어 보였다.

따라는 단증은 안 따고 짝사랑을 먼저 시작해버렸다. 뜬금없지만, 늘 그렇듯, 사랑은 불시에 찾아오는 법이다. 그런데 이게 웬걸, 수업 진도를 잘 따라가지 못했던 나는 특단의 조치로 부사범님에게 1:1 코치까지 받게 되었다. 할렐루야! 호신술 동작을 배우면서 손도 잡고, 슬쩍 안겨도 보고… 운동도 하고, 사랑도 하는 그야말로 일석이조였다.

마음속에선 호들갑 난리블루스 잔치가 열렸지만, 쑥스러운 마음이 들킬까 봐, 아니 사실은 쑥스러운 표정을 짓는 내 얼굴에 그가 당황할까 봐, 그래서 나를 좋아하지 않게 될까 봐 걱정되었다. 하지만 내 우려와는 다르게 우리는 함께 운동하며 가까워졌고, 도장을 가지 않는 날에는 운동을 핑계로 연락을 주고받았다.

그렇게 계절은 가을에서 겨울로 넘어갔고 우리는 크리스마스를 기점으로 연인이 되었다. 시간이 흘러 우리 관계가 안정기에 접어들었을 때 나는 오빠에게 직접 안면 마비에 대해 고백하기로 결심했다.

"오빠 사실, 내 얼굴… 안면 마비 걸린 거다? 치료도 계속 받았는데 낫지 않더라고. 그래서 이런 내가 감히 남자 친구를 사귀면 안 될 것 같고, 괜히 만났다가 상처받기 싫어서 누구도 못 만나고 있었는데… 오빠를 좋아하게 되었고, 우리가 함께한 시간도 깊어지는 만큼 오빠가 알고 있어야 할 것 같아…"

나의 구구절절한 고백과 달리 오빠의 답은 심플했다.

"아, 사실은 알고 있었어."

그는 내가 걱정했던 것과 달리 덤덤했고, 다른 질문을 던지지도 않았다. 그저 조심스럽게 "얼굴 아픈 게 뭐가 어때서? 문제 될 거 전혀 없어. 슬기가 걱정할 것도 전혀 없고"라며 나를 위로했다.

그 반응은 마치 '너의 아픈 얼굴 따위는 우리의 굳건한 사랑을 방해하지 않아!'라며 나를 보호해주는 것 같았다. 근데 그런 남자 친구가 언젠가 한번 쌍꺼풀 수술을 했냐고 물어본 적은 있었다.

오빠, 쌍꺼풀은 수술이 아니라 시술이야.

TMI : 슬프게도 지금은 구 남친

이유 없이 싫은 사람

사회생활을 시작한 후로 나는 종종 '이유 없이 싫은 사람'
으로 취급받곤 했다. 이유 없이 나를 싫어하던 조장님, 이
유 없이 나를 싫어하던 선배들, 이유 없는 차별들.

처음에는 그냥 위계질서 문화라고 생각했다. 신입인 나에
게 업무를 알려주는 일조차 귀찮아하고, 업무에 미숙한 나
를 보면 짜증 내는 이른바 꼰대인가 싶었다. 하지만 그런
태도는 내가 조직 생활에 익숙해지고, 하는 일이 능숙해진
후에도 여전했다.

새로운 회사에 입사한 지 얼마 되지 않았을 때 평소 다른

직원들과는 장난도 치면서 잘 지내는 선배가 이상하게 나를 대할 때만 무뚝뚝한 것 같았다. 인사를 해도 받는 둥 마는 둥 고개를 아주 미세하게 끄덕인다거나, 다른 사람과 대화할 때는 활짝 웃는 얼굴로 즐거운 모습이었다가 나와 대화할 때는 쳐다보지도 않고, 모니터에 시선을 둔 채 짧은 대답만 하는 식이었다. 나와 다른 동료를 대할 때 그는 하늘과 땅 차이가 무엇인지 보여주는 듯했다.

계속되는 그의 행동이 불편했고, 불편함은 이내 걱정으로 이어졌다. 걱정은 생각의 꼬리를 물고 늘어져 결국 답답하다 못해 억울하기까지 한 상황. 혼자 아무리 생각해봐도 그가 나를 싫어할 만한 이유를 도저히 찾지 못했다.

결국 난 내 표정을 보고 오해를 해서 날 싫어한다는 결론을 내렸고, 도저히 이대로는 안 되겠다고 느껴 용기를 내어 퇴근 후에 선배에게 문자를 보냈다.

선배님! 안녕하세요^^ 저 김슬기입니다. 얼굴 뵙고 말씀을 드리는 게 맞는데, 횡설수설하며 제대로 말을 못 하는 모습을 보여드릴까 봐 이렇게 퇴근하고 문자로 대신해요! 사실 그동안 선배님이 저를 대할 때의 모습이 다른 동료들을 대할 때와 다르다고 느껴져 혼자 곰곰이 뭘 잘못했는지 생각해봤는데, 제가 서툰 탓인지 도저히 감이 잡히지 않아서요. 혹시 제 표정이 불편하셨을까요? 제 웃는 표정을 보고 선배님이 느끼기에 제가 비웃는다거나, 무시하면서 비웃음을 지었다고 생각하셨을까 봐요. 만약에 그런 이유라면 오해를 풀어드리는 게 맞을 것 같아 용기 내어 문자로 말씀드려요. 제가 사실 어렸을 때 안면 마비가 와서 웃으면 한쪽 입이 움직이지 않는데 그 표정이 남들에게 자주 오해를 불러일으키더라고요. 혹시 제 표정에 기분이 상하셨다면 그런 뜻이 아니었다고 말씀드리고 싶어요. 아니면, 제가 선배님을 불편하게 하는 행동을 하고 그걸 인지하지 못하는 거라면 다음부터 똑같은 실수를 하지 않도록 알려주시면 감사하겠습니다!

긴 내용만큼이나 불안한 마음이 가득했다. 문자를 보낸 뒤 선배가 문자를 읽은 것을 확인하고 답장을 받기 전까지 애가 탔다. 하지만 후회하진 않았다. 혹시 모를 오해를 풀 수 있는 열쇠는 나에게 있다고 생각했기 때문에, 그리고 다행히 후회로 남지 않을 답장이 왔기 때문에.

슬기 씨… 음… 무슨 말부터 해야 할지 모르겠네. 내 행동을 슬기 씨가 그렇게까지 느끼고 있는 줄은 몰랐어. 우선 꺼내기 어려운 이야기를 용기 내어 말해줘서 고마워. 내 행동 때문에 슬기 씨가 아픈 모습을 오해받고 있다고 걱정하게 된 것 같아 미안하네. 사실 그런 게 아니라….

그는 내 표정이나 내가 싫은 게 아니었고, 그렇게 나를 대하게 된 다른 이유를 설명해주었다. 정말 다행이었다. 나를 불편해하는 이유가 내 웃는 표정 때문이 아니라니.

오해를 푼 그날 이후로 잠시 잘 지내는가 싶었는데, 시간이 흐르자 그의 태도는 다시 예전으로 돌아왔다. 이제는 그가 그러는 이유가 내 표정 때문이 아니라 그냥 나란 성향의 사람을 싫어하기 때문이라는 사실을 알게 되었다.

그때 깨달은 점이 있다. 안 맞는 관계는 어떻게든 좋은 관계로 남기려고 안간힘을 써도 결국엔 틀어진다는 사실이다. 싸움은 한쪽에서 일방적으로 일으키는 것이 아니라 서로에 대한 오해나 입장의 차이에서 시작된다. 결국 그것을 푸느냐 마느냐의 문제 같다. 자신에게 정말 필요하고 소중

한 존재라면 오해를 풀기 위해 대화를 시도하겠지만, 둘 중 하나라도 상대가 그런 존재에 미치지 않을 때에는 결국 멀어질 수밖에 없다. 하지만 단순한 오해나 이해의 문제가 아닌 성향이 서로 맞지 않는 관계를 애써 좋게 만들려고 노력하지는 않는다.

그리고 누군가가 나를 오해하더라도 괜찮다. 내가 아무리 오해를 풀려고 좋은 모습만 보여도 어떻게든 오해하기로 각오한 사람들에겐 티끌같이 작은 부분도 나를 오해하고 싫어하는 이유가 될 테니까.

티끌같이 작은 부분을 싫어하는 이유로 꼽고, 나를 싫어한다고 해도 괜찮다. 결국 내 행동이 본인 마음에 안 들었기 때문에 나를 싫어하는 거니까. 하지만 나를 겪어보지도 않고, 혼자서 내 불편한 표정을 보고선 멋대로 오해하고 나를 판단하지 않았으면 좋겠다.

그냥 웃겨서 따라 한 거야

평소 장난기가 많은 직장 상사가 있다. 그는 퇴근 후 한잔 하고 싶었는지 다가오는 퇴근 시간에 나와 선배의 자리로 와서 속삭이는 목소리로 저녁을 먹자고 했다. 당시 신입사원이었던 나는 회사에서 보내는 모든 시간이 현실판 〈미생〉을 찍는 것처럼 즐거웠던 터라 마냥 좋다고 고개를 끄덕였다.

부하 직원들이 흔쾌히 응답하고, 일사천리로 메뉴까지 정해지자 상사는 신나는 기분을 세레머니 하듯 갑자기 얼굴을 잔뜩 구겨 웃으며 좋다고 했다. 나를 그대로 따라 하는 말투. 표정은 안 봐도 뻔했다.

나를 따라 하는 그를 보고 당황스러워서 나는 어떤 말도 하지 못하고 홱 고개를 돌리고 말았다. 그냥 못 본 척했다. 눈치를 못 챈 걸까. 상사는 회식 자리에서 웃음이 날 때마다 나를 보곤 얼굴을 구겨가며 바보처럼 웃어댔다. 반응 없는 나를 보고 반대로 내가 눈치가 없어서 자신이 나를 따라 하는지 모르는 줄 아는 것 같았다.

장난이 심하면 눈치라도 있던가, 눈치가 없으면 장난을 치지 말던가. 적정선을 모르는 그의 '김슬기 표정 따라 하기'는 계속되었다. 함께 있던 선배는 옆에서 마치 무엇을 따라 하는지 다 아는 사람처럼 따라 웃었다. 결국 그의 입은 방정을 떨었다.

"슬기 씨, 슬기 씨는 막 이렇게 웃잖아, 그치? 똑같지? 나 잘 따라 하지?"

그가 방정맞게 뱉은 말을 주워 담는 건 상처받은 나의 몫이었다. 차라리 이 자리에 오지 말걸, 왜 못 본 척하고 여기까지 와서 참고 있어야 하지? 자리를 옮겨 2차를 갔을 때 아무래도 안 되겠다 싶어서 나는 조심스럽게 말을 꺼

냈다.

"저… 아까 계속 제 표정 흉내 내신 거요."

"응? 아, 이 표정?"

말이 끝나기도 전에 그는 또다시 나를 흉내 냈다.

"네, 그거요. 왜 자꾸 그러시는 거예요?"

"슬기 씨가 특이하게 웃잖아. 그게 웃겨서 따라 한 건데?"

"아, 저는 어떤 습관이나 자의에 의해 그렇게 웃는 게 아니에요. 사실 어렸을 때 안면 마비가 와서, 얼굴이 아파서 그렇게 웃어지는 거예요. 아까는 어떻게 말씀드려야 할지 몰라서 말씀 못 드렸는데, 한 번에 그치지 않고 계속하셔서 아무래도 말씀을 드려야 할 것 같네요. 제가 너무 놀라고 당황스러워서 불편한데, 그만해주시면 안 될까요?"

"아, 미안해, 슬기 씨. 그런 줄 몰랐어. 정말… 근데 그건 치료가 안 되는 거야?"

"보통 열 명 중 여덟 명은 자연 치유가 되거나 치료하면서 완치된다는데, 저는 하필 그 두 명인가 봐요. 치료를 계속했는데도 안 낫네요."

내 사정을 들은 상사와 선배는 그제야 조용해졌다. 그들은 사과하는 의미로 내가 없는 곳에서 누군가가 내 표정을 흉내 내거나 오해하고 있다면 자기네들이 나서서 슬기 씨가 일부러 그러는 게 아니라고 설명해주겠다고 약속했다.

나 혼자의 힘만으로는 나를 지켜낼 수 없는 현실 앞에 마음이 편치 않았다.

제발 그만하면 안 되나요

말하고 나면 해결될 줄 알았다. 내 남자 친구와 친구들 앞에서 나를 흉내 내던 친구에게도, 나를 흉내 내던 상사에게도, 옆에서 함께 웃던 선배에게도 한 번만 말하면 충분할 줄 알았다. 나를 모르고 저지른 그들의 섣부른 장난에 하소연하듯 아픔을 고백하면 끝날 줄 알았지만, 사람들은 나를 위해주지 않았다.

그들은 멈출 생각이 없어 보였고, 내 기분이 어떨지 살펴볼 생각조차 하지 않은 채 계속 나를 따라 해댔다. 말을 하기 전에는 모르겠지 싶어 참다못해 어렵게 아픈 이야기들을 몽땅 탈탈 털어놓았지만 헛수고였다. 어떻게 사람이 저럴 수 있을까? 내가 아픈 사실을 알았으면서, 또 자신들의 행동에 내가 상처받을 것을 알면서 왜 계속 무례한 행동을 하는 거지? 내가 어떻게 해야 하지? 나는 분명 할 도리를 다했는데, 그들의 무례한 장난들은 버겁게도 모두 내 몫이 되었다.

친구는 안 만나면 그만이지만 회사를 계속 다녀야 하는 상황에서 상사와 선배를 어떻게 대해야 할지 몰랐다. 혼자서는 도저히 풀 수 없는 문제였다. 함께 고민한다고 달라질 게 없어 보이는 사람들이었다.

상사는 여전히 내 표정을 자주 따라 했고, 이제는 옆에서 함께 웃던 선배까지 나를 따라 하기 시작했다. 무려 내가 아프다고 고백하고 난 후에 말이다. 두 사람이 나를 흉내 낼 때마다 나는 뭐 하시는 거냐며 짜증을 내긴 했다. 나보다 나이 많은 사람들이어서 차마 정색은 하지 못하고, 장난스러운 짜증만 내 그들이 심각성을 느끼지 못했지만.

나를 흉내 내기 시작한 선배는 재미가 들렸는지 시도 때도 없이 옆에서 흉내 내다 못해 나를 볼 때마다 한쪽 입꼬리만 올리는 제스처를 했다. 이게 그의 시그니처 표정이 되었다. 얼굴을 보고 말하면 내 진심이 전달되지 않을 것 같아 그에게 메신저로 말을 걸었다.

> 💬 선배, 왜 자꾸 제 표정을 흉내 내시는 거예요? 지난번에 분명히 말씀드렸잖아요. 제가 아프다는 걸 아시면서 왜 점점 더 그러시는지 진짜 모르겠어요. 전 어쩔 줄 몰라서 그냥 웃으면서 짜증 내는 건데, 그럴 때마다 장난이라는 말로 계속 저한테 상처 주는 거 알고 계세요? 전 너무 불편하고 속상하네요. 다시는 안 그러셨으면 좋겠어요.

선배는 이 글을 읽고 나를 불렀다.
"김슬⋯."
아 씨, 왜 부르는 거야? 그냥 메신저로 하지.
"(쳐다보지 않고) 왜요?"
"진심이야?"
"뭐가요?"
"메신저 얘기, 진심이냐고."

"진심이죠. 도대체 왜 자꾸 그러시는지 진짜 모르겠어요."

"알겠어. 안 그럴게, 미안."

"네. 미안해하셔야죠. 앞으로는 제발 저 따라 하지 말아주세요."

상처받은 사람만 똑똑히 기억한다

"이거 내 얘기냐?" 내 책을 읽은 직장 상사가 나에게 물었다.

"네, 맞는데요? 왜요?"

"야, 이걸 쓰면 어떡해ㅋㅋ"

"없는 얘기 지어서 한 것도 아닌데 뭘… 전부 다 직접 하신 행동들이잖아요."

그들에게 진심으로 궁금해졌다. 나를 처음 보았을 때의 느낌, 내가 아픈 사실을 알기 전에 놀렸던 행동, 아픈 사실을 알고 난 후에도 놀린 이유, 내가 되어보지 못한 사람들의 입장이 궁금해져 상사와 선배를 인터뷰해보기로 마음먹었다. 다행히 두 사람과 잘 지내고 있어서 질문하는 데 어려움은 없었다.

직장 상사와의 대화

"예전에 제 표정 흉내 내신 일 기억하세요?"

"응, 기억해."

"그러고 나서 그 뒤로도 한참이나 절 흉내 내고 그러셨잖아요. 그때 왜 그러셨는지 여쭤봐도 될까요?"

"생각이 잘 안 나. 그런 적 없는 것 같은데. 아프다는 말을 들은 후부터는 안 했어."

"아뇨, 분명히 그 이후로도 자주 흉내 내셨어요. 전 똑똑히 기억해요. 그래서 왜 그러셨는지 인터뷰를 해서 그 내용을 책에 싣고 싶어요. 괜찮으세요?"

"아, 그렇다면 더더욱 부담스러워서 싫어. 그리고 난 그 뒤로 정말 흉내 안 냈어."

"무슨 말씀이세요. 저는 흉내 내신 횟수까지 다 기억하는데요. 이래서 상처를 준 사람들은 정말 아무것도 모른다니깐? 자기가 얼마나 큰 잘못을 했고 상처받은 사람에게 지울 수 없는 상처를 주었는지 정작 본인들만 모르더라… 상처받은 사람들은 어쩔 수 없이 자신이 어떤 상처를 받았는지 다 기억해요. 그걸 어떻게 잊고 살아…."

"그럼 다시 한번 말할게. 그때 흉내 낸 건 미안하게 생각하고 있고, 늘 미안했어. 지금도 미안하고, 미안해."

직장 선배와의 대화

"선배, 예전에 날 흉내 냈을 때 내가 아프다고 했는데도 계속 그랬던 거 기억나?"

"응."

"그때 왜 그랬는지 물어봐도 될까? 인터뷰해서 책에 싣고 싶어서."

"뭐야, 오래전이라 기억도 안 나. 그 상사분은 뭐라고 하시는데?"

"선배처럼 똑같이 기억 안 난대."

"인터뷰는 부담스러워…. 더 말할 것도 없고, 그냥 난 그때 그분이 먼저 해서 따라 한 것뿐이야."

다들 너무한다…. 장난으로 던진 돌에 개구리도 맞아 죽는다는데, 하물며 사람이야….

내가 떠올리는 나의 모습

우리는 살면서 각자 자신의 내면을 끊임없이 들여다보며 산다. 하지만 자신의 외적인 모습을 볼 수 있는 수단은 거울이 거의 유일하다. 거울로 내 얼굴이 어떻게 생겼는지, 내 얼굴에 뭐가 묻었는지 확인할 수 있고, 거울을 보면서 웃음을 지어봐야 나의 웃는 표정이 어떤지 알 수 있다.

아프게 된 후부터 다시 표정을 지을 수 있을지 많이 걱정했다. 항상 거울을 들여다보며 자주 온갖 표정을 짓곤 했지만, 여전히 내가 은연중에 떠올리는 나의 모습은 아프기 전의 모습이다. 하지만 어느 순간 어떤 표정을 무심코 지을 때면 낯선 상대방들은 나에게 "너 표정이 왜 그래…?" 하며 현실의 내 모습을 상기시킨다.

그럴 때마다 나는 항상 타인이 오해하지 않도록 해명해야 했다. 이해시켜야 했고, 혹시나 내 표정에 기분이 나빴을까 먼저 사과부터 했다. 그러다 보니 어느 순간부터 사람들을 마주하기가 두려워졌다.

이제는 웃을 때 나의 아픈 얼굴을 얼추 짐작할 수 있어서 얼굴을 전부 가리며 웃는다. 얼굴에서 보이는 지금의 표정들을 전부 머릿속에 저장해두기엔 아직 마음의 준비가 안 되었고 그럴 만한 기억력도 없다.

내가 떠올리는 나의 모습에서 아픈 표정을 최소한으로 기억하고 싶다. 그게 내가 나를 지킬 수 있는 유일한 몸부림인 것 같아서.

반쪽만 찍는 셀카

초등학교 5학년 때 성적표를 조작해서 휴대폰을 손에 쥐게 되었다. 당시 신화 에릭이 광고했던, 휴대폰을 흔들면 비트박스가 나오던 휴대폰이었다. 그때는 한참 휴대폰에 카메라가 달려 나오기 시작했던 때라 내 비트박스 휴대폰에도 카메라가 있었다.

카메라 화질이 마음에 들어 그 휴대폰을 산 이후에는 매일 혼자 사진을 찍다가 우연히 '기품 있게' 필터를 넣고 얼굴이 반쪽만 나오게 사진을 찍었는데, 결과가 썩 마음에 들었다. 당시 나의 인생샷으로 꼽힐 정도였다. 비록 그때 찍

었던 얼굴의 반쪽은 왼쪽이었지만(그때의 나는 내 왼쪽 얼굴이 더 예쁘다 생각했다), 반쪽 셀카는 안면 마비에 걸린 얼굴에도 효과적이었다.

긴 머리카락을 청순하게 흘리거나, 치통에 걸린 듯 손바닥으로 왼쪽 턱을 감싸거나, 브이를 왼쪽에 대거나, 휴대폰이나 책을 얼굴 가까이 대는 갖가지 방식으로 어떻게든 왼쪽 얼굴을 가리고 사진을 찍는다.

얼굴이 아픈 나도 내 모습을 담고 싶은 순간이 있기에 그때마다 즐겨 하는 포즈다. 이런 내 사진들을 보며 주위 사람들은 "그렇게 티가 나게 반만 찍냐?" "그럴수록 더 표시나" "전체적으로 찍는 게 더 자연스러워 보이는 것 같아" "굳이 숨기지 않아도 돼" 하며 오지랖을 부린다.

그저 45도 각도로 고개를 들면 사진이 예쁘게 나오는 것처럼 나만의 방식이 있는 건데, 내가 담고 싶은 모습만 담으려는 건데 내가 내 얼굴을 직접 찍는 동안에도 누군가의 평가 대상이 되어야 할까? 반쪽만 담긴 내 셀카를 보는 이들의 시선도, 조언도, 걱정도 나에겐 그저 귀찮은 간섭일 뿐이다. 사진만이라도 내가 원하는 모습만 담고 싶다는데, 쫌!

사진 찍지 마세요

사람들과 한바탕 시간을 보내고 헤어지면 각자 오늘 찍었던 사진을 서로 주고받는다. 난 그 시간이 그리 달갑지 않다. 그들이 담은 내 모습에 나는 웃을 수 없기 때문이다.

즐거운 시간을 보내는 와중에 자연스럽게 찍은 사진들은 좋은 추억의 증표가 되지만, 사람들 사이에서 결코 자연스럽지 못한 나를 매번 발견하는 일이기도 하다. 회사 야유회 때도 직원들이 보내준 내 사진들은 전부 잔뜩 찌그러진 얼굴이었다. 눈꺼풀에 힘이 들어가지 않아서 실눈을 뜬 것 같이 풀린 눈, 나이키 로고를 닮은 입꼬리, 크게 웃는 바람에 잔뜩 경직된 왼쪽 목의 힘줄까지 마비된 내 얼굴 전부가 고스란히 담겨 있었다.

회사 사람 중 몇몇은 내가 아픈 사실을 알고 있고, 또 몇몇은 그 사실에 관심도 없다. 그럼에도 나는 혹시나 내 아픔을 모르는 사람들이 이 사진을 보고 비웃을까 봐 걱정되었는데, 아니나 다를까. 사람들은 사진 속 내 표정을 언급하며 웃기 시작했다.

"엽사 작렬ㅋㅋ" "베스트 포토상 줘야 하는 거 아님?" 따위의 말들이 떠다니면서 내가 아프다는 사실을 아는 사람들조차 함께 웃어댔다. 나만 빼고 웃긴 상황, 나만 불편하고 다들 즐거운 상황에 나는 어쩔 줄 몰랐다. 사진을 삭제해달라고 부탁했지만, 부탁의 이유를 알 턱이 없던 사람들은 "싫은데?ㅋㅋ"라며 단칼에 거절했다.

남들이 사진을 찍어주겠다고 미리 말을 하는 순간에도 불편하긴 매한가지다. 충분히 준비할 수 있는 상황인데도 항상 머리카락이나 손으로 왼쪽 얼굴을 거의 가리는 것 말고는 마땅히 취할 포즈가 없어서다. 사진 속 내 아픈 표정은 웃음이 될 수도 없지만, 추억이 될 수도 없을 테니까.

뉴스에 나오다

회사 상품을 홍보하기 위해 뉴스에 출연한 적이 있다. 갑작스러운 출연 요구에 당황했지만, 상품의 유용함을 설명할 사람은 먼저 상품을 사용해본 담당자뿐이라는 생각에 흔쾌히 촬영에 임하기로 했다.

별도의 대본은 없었지만 인터뷰 내용이나 촬영 구도, 촬영 장소를 사전에 협의했다. 주로 뉴스에서 시민이 인터뷰를 할 때는 카메라를 응시하지 않고 측면에서 기자와 편하게 이야기하는 구도가 많다. 내 왼쪽 얼굴이 카메라 쪽을 향할까 싶은 노파심에 나는 정중하게 부탁했다.

"저, 혹시 괜찮다면 제 얼굴 오른쪽이 보이게 잡아주실 수 있을까요? 제가 표정이 조금 부자연스러워서요. 부탁드릴 게요."

고맙게도 기자와 카메라 감독이 흔쾌히 알겠다고 말해주었다. 덕분에 나는 마음 편히 인터뷰할 내용만 되새겼다. 그런데 현장의 분주함 때문인지 두 사람은 내 부탁을 새까맣게 까먹었다. 막상 촬영이 시작되자 기자의 위치나 카메라의 방향이 내 왼쪽을 향해 있었다. 그렇다고 해서 대리님, 과장님, 팀장님, 촬영 스태프가 모두 지켜보는 자리에서 도중에 촬영을 멈출 수는 없었다.

촬영하는 동안 카메라 감독이 나에게 너무 경직되어 있으니 편하게 하라는 말을 몇 번이나 했는지 모른다. 난 그 말 뜻이 뭔지 묻지 않아도 알았다. 분명 입꼬리는 제대로 올라가지 않았을 테고, 말을 하면 입 근육이 따로 움직이고 왼쪽 얼굴 근육 전체에 힘이 들어가지 않아 표정이 굳어 보였을 것이다.

그 이질감은 나와 카메라 감독, 둘만 느끼는 것이었다. 당장 오늘 뉴스로 송출해야 하는 빠듯한 일정이라 이 인터뷰만 붙잡고 씨름할 수 없는 노릇이었기에 불편한 채로 촬영을 마쳤다.

뉴스에 내가 나온다는 소식에 때맞춰 리모컨을 돌린 우리 가족은 회사 사람들과 달리 TV 속 내 모습을 보고 마냥 좋아할 수 없었다. 뉴스가 끝나자 다들 표정이 굳은 채로 말없이 서둘러 채널을 돌렸다.

치료 대신 수술을 알아보다

이제는 어엿한 회사원의 삶을 살아가고 있는 나는, 치료를 멈추고 다른 방법을 찾아보게 되었다. 고등학교 1학년 때 다니던 보건소 선생님께서는 나에게 "그래도 수술을 안 해서 다행이에요"라고 말한 적이 있었다. 보건소 선생님뿐 아니라 그동안 다녔던 병원 중 어디에서도 안면 마비 수술을 권하지 않았지만, 이제는 수술만이 최후의 방법이었다.

안면 마비 치료가 아닌 안면 마비 수술을 찾아보니 '안면 신경 감압술'이란 게 가장 많이 눈에 띄었다. 안면 신경 감압술의 최강자라 불리는 명의의 소속 병원을 찾아내 서둘러 병원 예약 사이트에서 진료 일정을 잡으려 했더니, 도통 진료 가능한 날이 보이지 않았다. 너도나도 최고 명의에게 수술을 받길 목 빠지게 기다리고 있었다. 모두가 급하겠지만, 내 기준에서 가장 간절한 환자는 나였기 때문에 계속해서 새로 고침 단추를 눌러댄 끝에 겨우 한 자리를 얻어냈다.

평소 일단 저지르고 후회하는 편이다 보니 막상 진료일이 다가올수록 수많은 생각이 들었다. 수술하게 되면 머리카락을 밀고 가발을 써야 할 것이고, 오랫동안 휴가를 써야 해서 회사에서 눈치가 보이겠다고 생각하던 찰나, 병원 예약실로부터 전화가 왔다.

간단한 정보 입력과 필요한 서류를 안내받고 전화를 끊자 몇 시간 뒤 병원에서 또다시 전화가 걸려왔다. 이번엔 간호사실이었다. 어떤 곳이 불편해서 진료를 받고 싶은지 세부적으로 묻고 미리 차트에 적는 단계인 것 같았다. 오래전에 걸린 안면 마비로 수술을 알아보던 중에 안면 신경 감압술을 받으면 회복을 기대할 수 있다고 하여 예약했다고 하니, 이 수술은 안면 마비 환자를 위한 수술이 아니라 안면 경련 환자를 위한 것이라고 했다.

인터넷에서 안면 마비 수술 사례로 안면 신경 감압술을 보았다고 하자, 간호사 선생님은 안면 마비 환자들에게 안면 경련 증상이 동반되면 경련 증상을 완화하기 위해 이 수술을 하기도 한다며, 마비 증상은 수술과는 거리가 멀어 진료가 어렵다고 했다.

방법이 없다는 말에 나는 어쩔 수 없이 예약을 취소할 수밖에 없었다. 전화를 끊고 절망감에 빠져 있었는데 이번엔 예약실에서 전화가 왔다. 간호사실에서 전달을 못 받았는지, 워낙 유명한 교수님이라 앞으로 진료를 받으려면 몇 개월 더 기다려야 될 텐데 예약을 취소하는 게 아쉬워서 다시 확인차 전화했다고 했다. 나는 자초지종을 설명하곤, 간호사실에서 안내받은 내용을 전했다.

사실 누구보다 아쉬운 사람은 나였다. 아무리 비싸고 어려운 수술일지라도 내 병에 수술이란 방법이 통하기를 바랐다. 해결할 수 없는 아쉬움이 가득한 기분으로 전화를 끊었다.

진짜 마지막 병원

정말 다른 수술 방법은 없을까? 안면 마비 후유증으로 고
생하는 환자들이 분명 나뿐만이 아닐 텐데 싶어 계속 수술
을 찾아보다가 이전에는 본 적 없는 수술 사례를 새로 발
견했다.

새로운 병원에 가기 전에 준비할 게 많았다. 2차 병원이라
1차 병원의 소견서가 필요했고, 연차도 써야 했다. 회사에
병원에 가야 해서 휴가를 낸다고 하자 다들 남 일이라면
자다가도 깰 듯한 관심으로 왜 병원에 가느냐 물었다. 안
면 마비 수술이 생겼다고 해서 진료를 보러 간다고 말하니

모두 꼭 수술할 수 있길 바란다며 그동안의 미안함을 내비쳤다. 가족, 회사 동료들, 친한 친구들에게 할 수 있는 수술이 생겼다는 소식을 알리자 모두가 한마음 한뜻으로 나의 수술을 기도해줬다.

응원과 함께 소견서를 들고 두 시간에 걸쳐 병원에 도착했다. 압구정 성형외과는 익숙해도 대학 병원 성형외과는 익숙하지 않았는데, 그런 나의 긴장을 덜어주듯 대기실에는 잔잔한 클래식이 흘러나왔다.

진료를 받기 전에 수술 전후 비교용 사진을 찍기 위해 촬영실로 들어갔다. 사진이라면 딱 질색인데, 환자라면 어쩔 수 없이 밟아야 하는 수순 같다. 촬영실 한쪽 벽에는 성공적으로 수술을 끝낸 사람들의 사진이 크게 붙어 있었다. 인터넷에서만 보던 수술 전후 사진을 직접 보다니, 병원에 온 것이 실감 나서 심장이 떨리기 시작했다.

촬영을 마치고 진료실로 들어갔다. 요즘은 실습 삼아 자기 얼굴부터 성형하나 싶을 정도로 환한 빛을 내뿜는 훤칠한 레지던트 선생님과 성형외과의 전설을 새로 쓰고 있는 듯한 교수님이 함께 날 맞이했다.

진료실 문을 열고 들어오는 순간부터 두 의사 선생님은 내 얼굴을 뚫어지게 관찰하더니 활짝 웃어보라는 둥, 반쪽만 잡히는 이마 주름을 양쪽 다 잡아보라는 둥, 아에이오우를 해보라는 둥, 양쪽 눈썹을 치켜 떠보라는 둥 이것저것 다양한 표정을 시켜댔다.

매번 지어지지 않는 표정을 있는 힘껏 지을 때마다 세상 이보다 치욕스러울 수 없다. 증상 확인을 위해서는 어느 병원에서나 꼭 해야 하는 의례적인 검사인데도 오랜만에 하려니 정신적으로 힘들었다. 숨소리마저 크게 들리는 진료실에서 내 얼굴만 관찰하며 손으로 빠르게 차트를 적는 의료진 때문이기도 했지만, 저렇게 잘생긴 레지던트 선생님을 두고 핑크빛 상상도 꿈꿔볼 수 없어 안타까웠다.

교수님은 일상생활에 불편한 점이 무엇인지, 유독 언제 얼굴이 불편한 걸 많이 느끼는지, 다른 사람들이 알아차리는 경우가 많은지 등등 다양하고 세세한 질문을 했다. 그런 다음 눈을 지그시 감고 고개를 끄덕이며 뭔지 다 알 것 같다는 차분한 위로를 전하듯 수술에 대해 설명해주었다.

"아무래도 수술을 하면 얼굴에 칼을 댈 수밖에 없는데, 그

러다 보면 흉터가 남아요. 솔직하게 말하면 이 수술은 흉터가 아주 크게 남습니다. 허벅지의 신경 근육을 떼어내 얼굴에 이식하는 수술이라 칼을 대는 범위가 넓어질 수밖에 없어서요."

"괜찮아요."

"허벅지 흉터는 어떻게든 숨긴다 해도 얼굴 흉터는 흉터 제거 치료를 받고 화장을 하더라도 숨길 수 없어요. 얼굴의 절반 정도로 흉터가 크게 남기 때문에 마비 온 얼굴이 무너져 내린 사람에게나 효과가 좋은 수술법입니다. 환자분은 아무 표정을 짓고 있지 않을 때는 맨눈으로 분별 되지 않아, 제 소견으로는 수술을 권하지 않고 싶어요. 그게 환자분을 더 위하는 방법 같아요. 만약 수술하게 되더라도 얼마큼의 기대 효과를 줄 수 있을지 장담하기도 어렵고요. 이미 오랜 시간이 흘러서 지쳤겠지만, 서둘러 결정하지 말고 정말 나에게 필요한 수술인지 더 차분하게 생각한 뒤에 결정합시다. 그렇게 해도 늦지 않으니 우리 좀 더 고민해 봐요."

수술에 여러 부담이 따른다는 것을 모르는 게 아니었다.

안면 신경 감압술을 알아볼 때도 각오는 되어 있었다. 하지만 어쨌든 지금 나의 가장 큰 문제와 아픔은 안면 마비였다. 완치되지 않는다면 앞으로도 나의 가장 큰 문제와 아픔은 안면 마비일 테니, 완치될 수만 있다면 어떤 망설임으로도 나의 다짐을, 아니 나의 희망을 버릴 수 없었다. 10년 동안 어떤 치료도 소용없었는데 수술해서 나을 수 있다면야 뭐든 못할까.

교수님은 나의 상태가 그렇게 안 좋은 편은 아니라며 미세하게 움직이는 입꼬리를 보며 위로를 건넸지만, 난 억울했다. '이 얼굴로 살아오면서 내가 얼마나 많은 상처를 받았는지도 모르면서, 이게 어떻게 괜찮다는 거야?'

결국 어렵게 찾은 이 수술도 하지 못하게 되었다. 얼마나 힘겹게 찾아왔는데, 얼마나 어렵게 찾은 수술인데, 얼마나 기대를 했는데… 병원으로 향하는 동안 속으로 '너무 기대하지 말자. 기대해서 상처받지 말자. 못 고친다 해도 괜찮다고 받아들이자. 지금처럼 잘 살아보자'고 다짐했었다. 하지만 엄마에게 전화해 목소리를 듣는 순간, 참고 참았던 눈물이 터져 나와 말을 이어갈 수 없었다. 시간이 오래 지난 만큼 덤덤하게 받아들일 수 있을 줄 알았는데, 10년이란 시간이 흘렀어도 나에게는 여전히 감당할 수 없고 건드릴 수 없는 큰 아픔인가 보다.

병원 셔틀버스를 타고 지하철역으로 가는 길에 창문에 기대어 하염없이 울었다. 내가 할 수 있는 일이라곤 우는 것밖에 없다는 사실에 더 눈물이 났다.

여전한 사람들

최근에 병원의 과실로 다리에 큰 화상을 입게 되었다. 뜻하지 않게 전문 환자가 된 것 같다. 주변에서 이 사람은 이 복을 타고났네, 저 사람은 저 복이 없네 하는 얘기들을 들을 때면 무슨 말도 안 되는 말인가 생각하지만, 사실 나에게만큼은 다른 복은 몰라도 병원 복은 정말 지지리도 없다고 생각한다.

나는 얼마 전 다리에 '심재성 3도 화상'을 입어서 피부를 이식하는 수술까지 받게 되었다. 보통 허벅지나 엉덩이의 살을 떼어낸다고 하지만, 이 경우 이식받은 부위만큼 이식한 부위에도 흉터가 남아 요즘에는 주로 머리카락으로 가릴 수 있는 두피를 떼어낸다고 한다. 물론 머리카락을 빡빡 깎아내는 일을 감수해야 한다(나는 이식 범위가 넓어서 수술 후 다른 머리카락으로 덮을 수 없을 정도라 몇 달 동안 가르마를 타고 머리를 묶고 다녀야만 했다).

수술하고 일주일 동안 입원한 뒤 회사에 복귀했다. 아직 치료가 다 끝나지 않은 채 회사로 복귀한 나에게 사람들은 안부차 병원에서의 시간들을 묻다가 마지막엔 꼭 호기심 가득한 얼굴로 물었다.

"그런데… 두피를 이식한 거면 다리에서도 머리카락이 자라는 거 아니야?"

나는 그들의 무례한 질문에 불쾌했다. 수술이 끝나고 마취에서 깨어나자 무통 주사를 맞았음에도 도저히 고통이 멈추지 않는 탓에 울다가 지쳐서 잠들기 일쑤였고, 거동조차 어려워 할머니가 끌어주는 휠체어를 타야만 겨우 화장실을 갈 수 있었다. 내가 수술하고 얼마나 아프고 힘들었는데…. 어떻게 내 앞에서 저렇게 생각 없이 질문을 던져대는지. 사람들은 안타깝게도 여전히 자신이 직접 겪지 않은 아픔에 대해서는 경솔한 모습을 보인다.

계속되는 질문에 불편함을 느끼던 찰나, 머리숱이 없는 동료가 나에게 똑같은 질문을 세 번이나 던져댔다.

"다리에서 머리털 나면 어떡해?"

멈출 줄 모르는 그의 취재 열정에 아무래도 대꾸를 해줘야 할 것 같았다.

"다리에서 머리카락이 자라게 되면 고이 길러서 무료로 기증해줄 테니까 가져가서 머리에 심으면 되겠네."

그는 그제야 아차 싶었는지 겨우 잠잠해졌다.

한번은 출근길에 어떤 할아버지께서 한참이나 내 다리를 뚫어져라 쳐다보길래 왜 그러시냐고 물어봤다가 "도대체 아가씨 다리가 왜 그 모양이냐?"라는 역정 아닌 역정을 들은 적도 있었다. 내 잘못으로 생긴 흉터가 아닌데 왜 나한테 화를 내는 걸까. 내 다리가 왜 이렇게 된 건지 알지도 못하면서, 아니 나를 처음 봤으면서 내 다리가 도대체 왜 그 모양인 건지는 알고 싶은 모양이었다.

화상을 입은 지 1년 4개월이 지난 최근까지도 일주일에 한 번씩 치료를 받고 있는데, 자꾸만 부풀어 오르는 흉터 때문에 다리에 하루 종일 압박 붕대를 차야 했다. 최근에 검은색의 자외선 차단용으로 붕대를 바꾸었더니 사람들은 내가 한쪽 다리에만 반 스타킹을 신은 줄 알았다며 웃기도 하고, 지나가는 사람들도 뚫어져라 쳐다보기도 한다.

날이 더워지면 붕대를 하고, 긴바지를 입는 것은 끔찍하게 괴로운 일이라 개의치 않고 반바지나 원피스를 입는 편인데, 어느 날 친하게 지내던 가게 사장님한테 붕대를 한 다리가 흉하니 긴바지를 입고 다니라는 간섭까지 들은 적 있다. 사람들은 평범함과 거리가 먼 무언가를 발견했을 때 그걸 마치 자기만의 타고난 눈썰미로 발견한 것인 양 자랑스럽게 "내가 했어!! 내가 봤어!!"를 외친다. 문제는 그런 자신이 무례할 수 있다고 생각하지 못한다는 것이다. 내 얼굴을 보고 "내가 발견했어!!"라고 외친 사람들을 수없이 봐왔고, 그들의 타고난 눈썰미 때문에 나는 그들이 감히 짐작도 할 수 없는 상처를 받아왔다.

책을 써서 오래된 안면 마비의 아픔을 밝히게 된 후에야 사람들은 더 이상 나에게 어떤 호기심과 오해도 품지 않게 되었다. 하지만 안타깝게도 내가 밝히지 않은 아픔에 대해서는 여전히 무례함이 넘쳐난다.

내가 아플 때마다 "오우! 이번엔 이 부위가 아프게 되었습니다!" 하며 책을 시리즈로 쓰지 않는 이상, 세상을 향해 나의 모든 아픔을 알릴 수는 없을 것이다. 무엇보다 아픔을 알아달라는 의도로 글을 쓴 것도 아니다.

타인과 공존하는 세상을 살면서 자신이 미처 느끼지 못한 아픔이 분명 존재한다는 사실을 늘 인지하고, 스스로 자기 태도를 되돌아보길 바라는 마음으로 이 책을 적어 내려간다.

우리 모두 '여전한' 사람으로 머물러 있지 않기를 바란다. 그리고 누군가에게서 다수와 어딘가 다른 모습을 발견하더라도 그를 그 모습 하나로 섣불리 판단하지 않기를 바란다.

적면공포증

두근두근. 쿵쾅쿵쾅. 불필요할 정도로 갑자기 심장이 빨리 뛴다. 얼굴이 순식간에 빨개지고, 뜨겁게 달아오른 것을 손대지 않고 심장만으로도 느낄 수 있다. 지금 내 얼굴의 온도, 색….

한 공간에 다른 사람과 있다는 것. 누군가가 나를 보고, 내가 그들에게 말을 하고, 그들에게 눈을 맞추며 이야기를 들어주는 것. 이상하게 별것 아닌 이 상황이, 사람과 사람이 살아가는 과정에서 자연스럽고 필수적인 이 상황이 내겐 유난스러워진다.

상대방에게 부끄러움을 타는 것도 아니고 반대로 화가 난 것도 아닌데 상대와 눈을 마주할 때마다 나는 불안감에 휩싸인다. 혼자 야단법석 빨갛게 달아오른 얼굴은 좀처럼 진정될 기미가 안 보인다.

'저 사람이 지금 내 얼굴을 보고 무슨 생각을 하고 있을까? 이 말을 내뱉고 있는 내 표정은, 내 입술 모양은 어떨까?' 내가 불안에 떨게 된 건 바로 이런 생각을 하면서부터였다.

말을 오랫동안 주고받을수록 상대는 결국 또 나를 오해할 것이고, 그 오해는 나에게, 혹은 가까운 내 지인들에게, 혹은 그들의 또 다른 지인들에게 멀리 퍼져 나가겠지. 그래서 사람들을 대할 때마다 늘 오해가 생기지 않도록 먼저 선수 치거나 오해받도록 그냥 내버려두었고, 그러다 결국 다시 상처를 받았다. 여간 성가시고 귀찮은 일들의 연속이 아닐 수 없었다.

결국 그 일련의 일들은 나를 켜켜이 짓눌러 깊은 곳에 파묻고 거기서 헤어 나오지 못하게 발로 쾅쾅 밟아버렸다. 그게 아니라면 나 스스로 아픔 속에 파묻혀 헤어 나오지 못하는 거겠지. 누가 날 이렇게 만들었는지 모르겠다. 사실 세상은 그럴 생각이 없었는데 나 스스로 그렇게 되어버린 건지도 모르겠다. 하지만 이제 그런 건 중요하지 않다. 세상은 나를 낫게 할 생각이 전혀 없어 보인다. 어떻게든 나를 더 다치게 할 방법만 강구하는 것 같다. 나에게는 이렇게 더, 이렇게 또, 아프다는 사실만 남았다.

시간이 약이다

시간은 정말 약일까? 나는 그동안 내 얼굴을 향한 가벼운 말들을 그냥 스쳐 보내지 못했고, 그 말들은 내 굳은 얼굴 속에 스며들어 나를 더 웃지 못하게 만들었다. 세상을 살아가며 수많은 사람과 새로 마주했고, 그들 앞에서 단 한 순간도 편히 웃지 못했다.

그렇지만 일생의 반을 아픈 사람으로 살아온 덕분인지, 이제 나는 나의 아픔을, 나의 자신을 이번 책을 통해 다시 정의 내리게 되었다. 나는 여전히 나고, 나의 아픔은 지극히 나의 일부일 뿐이라는 사실을 지난 긴 시간을 보낸 뒤에야 알게 되었다.

'시간이 약이다'라는 말은 시련 속에서 새로 바뀐 내 일상을 받아들이다 보면 언젠가 무뎌지고, 이내 익숙해진다는 뜻 같다. 사실 익숙해지는 것은 너무 어렵다. 마음의 준비를 아무리 해도, 마음이라는 것은 달리기 시합처럼 '준비, 땅!' 하면 바로 내디딜 수 있는 게 아니다.

내가 조심한다고 해서 어떤 일이 일어나지 않으리란 보장도 없고, 여전히 나의 아픔을 느끼는 사람들이 있을 것이다. 그 사람들 때문에 내가 앞으로 상처를 받지 않을 거라는 확신도 없다.

그렇지만 적어도 전처럼 상처받은 채 아무 말도 못 하고 덩그러니 울고 있지만은 않을 것이다. 나에게 상처를 준 사람에게 똑같이 상처를 주진 못하겠지만, 이제는 내가 나를 지킬 것이다. 그 누구를 위해서도 아닌 나를 위해 그래야만 하니까.

아픔은 현재진행형

오늘 아침에는 엄마와 출근 시간이 겹쳐 부랴부랴 씻느라 양치를 대충 했다. 회사로 향하는 출근길 내내 입 안이 찝찝했다. 이 찝찝한 느낌은 마치 마비가 온 내 얼굴과도 같았다.

양치야 회사에 가서 다시 하면 개운해질 수 있지만, 안면마비는 찝찝한 바이러스가 표정을 짓는 신경 속으로 몰래 침투해 건들지도 못하게 방해하고 있어서 계속 이 찝찝함을 안고 살아가야 한다.

매일 아침잠에서 덜 깬 채 습관적으로 양치를 하지만, 가끔 아무 생각 없이 양치를 오랫동안 하고 있다 보면 처음 마비가 왔던 날의 양치질이 생각난다. 그땐 어쩔 줄 몰라 거품을 턱에 다 묻히고 물도 꿀떡 삼켜버리곤 했는데, 13년이 지난 지금은 손으로 벌어진 입의 틈을 막거나, 입술이 벌어지지 않게 꼬집은 채 거품을 헹구는 노하우가 생겼다.

눈 감기

떨어진 시력 때문에 안경을 맞추었다. 양쪽 시력이 다른데 왼쪽 시력을 맞추기가 특히 어려웠는지, 직원은 예전에 눈을 다친 적이 있냐고 물었다. 나는 차마 안면 마비를 입 밖에 꺼내놓지 못했다.

근시, 난시 짝짝이 눈을 교정하려면 눈을 한쪽씩 번갈아 감으며 렌즈를 껴야 하는데, 왼쪽 눈을 감으면 연합 운동 때문에 얼굴이 일그러진다. 이 얼굴을 보이고 싶지 않아 손으로 왼쪽 눈을 급히 가렸다.

직장인 인생에 영원한 동반자가 있다. 바로 커피. 매번 커피나 음료를 마시려면 빨대를 써야 하는데, 그럴 때마다 여간 난감한 게 아니다. 입을 동그랗게 모으지 못하는 나에게 빨대는 늘 처치 곤란이다. 특히 버블티나 스무디처럼 두꺼운 빨대를 쓸 땐 불편함이 배가 된다.

다들 입을 동그랗게 모아 그 틈으로 빨대를 꽂아 쓰는 반면, 나는 오른쪽 입술로 간신히 빨대를 쓴다. 남들이 눈치 못 채게끔 빨대와 입술이 만나는 지점을 엄지와 검지를 써서 감춘다. 이것 역시 내가 혼자서 터득한 스킬이다!

요즘엔 텀블러를 쓰면서 환경도 지키고, 나를 지킨다. 그깟 일회용품 따위가 나를 속상하게 만들 순 없지.

불편한 눈썰미

수년간 많은 병원에 다녀본 개인적인 경험에 의하면, 환자의 상태를 세밀하게 관찰해야 하는 직업적 특성 때문인지 몰라도 병원에는 유독 매의 눈을 가진 사람들이 많다.

다리가 불편해서 한의원에 갔을 때도, 알레르기가 도져 피부과에 갔을 때도 "어디가 아파서 오셨어요?"라는 질문에 버금가게 "입 쪽은 왜 그러시는 거예요? 언제부터 그랬나요?"라는 질문을 많이 받고 있다. 예전 같았으면 구구절절 얼굴이 아프게 된 배경까지 읊었을 텐데, 시간이 너무 오래 흘러 지친 탓인지 이젠 이렇게 화제를 돌린다.

"아, 이건 아픈 지 오래되었어요(이런 건 좀 못 본 척해요)."
얼굴이 아파서 간 게 아니니 이런 질문은 나에게 당황스럽고, 여간 힘 빠지는 일이 아니다. 마치 흘러간 시간만큼 무덤덤해져 잠들어 있는 내 상처를 억지로 흔들어 깨우는 것 같다. 사람들의 걱정 섞인 질문은 곧 불편한 질문이 된다. 아주 오랜 시간이 지나도 해결되지 않는 아픔을 가진 사람에게는 너무나 당연한 반응이다. 그들 입장에서는 도리어 과잉 질문을 받는 상황이니까.

사람들은 유독 자신 없는 부분에 대해 신경이 날카롭게 곤두선다. 아픈 사람에게는 아픈 곳이 곧 자신 없는 부분이다. 아픈 사람으로 지내오면서 수많은 질문을 헤쳐와야 했다. 누군가는 무관심이 최고의 배려라고 말한다. 그 말에 공감한다. 사람마다 말하기 어려운 고민이 있을 테고, 대개는 그것을 세상에 꺼내지 않고 혼자만 간직하고 싶을 것이다. 지난날 나도 그러했으니 적어도 나부터라도 타인의 특별한 점과 나와 다른 점을 궁금해하지 않으려 한다. 조금 다르고 특별한 점으로 상대를 파악하는 대신 상대가 보이는 행동을 그저 바라만 볼 때 그들을 상처로부터 지킬 수 있다. 그렇게 그들을 상처로부터 지켜주는 일이 타인인 우리의 몫이며, 타인의 아픔에 공감하는 상상력으로 우리는 세상을 바꿀 수 있다.

제 왼편에 서지 말아주세요

사람들과 함께 걸을 때나 나란히 서 있을 때는 항상 내가
왼편에 있어야 마음이 편하다. 항상 사람들에게 내 오른
편에 서달라고 직접 부탁하거나, 처음부터 내 가방이나
짐을 왼쪽 어깨에 메서 자연스럽게 사람들이 오른편에 서
게 한다.

사람들과의 관계에서 나를 가장 옥죄는 내 습관 중 하나는
항상 왼편으로 숨어버리는 것이다. 이 습관은 낯선 사람들
외에도 친한 친구들, 남자 친구, 가족에게까지 예외 없이
적용된다. 엄마는 "엄마랑 있을 때까지 그럴 필요 없어"라

고 다독였고, 그동안 사귄 남자 친구들은 마치 자기 위치가 오른편으로 정해져 있다는 듯 말하지 않아도 자연스럽게 오른편에 서주었다.

친구 중에는 가끔 예전에 자기와 함께 있을 때는 위치 따윈 가리지 않았던 것 같다고 서운해하기도 했지만, 나는 상대를 막론하고 오른편에 서는 일이 불편을 넘어 불안하기까지 하다.

오죽하면 결혼식에서 신부가 오른쪽에 선다는 사실도 예민하게 받아들이게 되었을까. 당장 결혼할 계획도 없고, 결혼할 생각도 없는 내가 지금 당장 겪지도 않을 일들까지 앞서 걱정하고 있다. 누군가의 오른쪽에 서는 일은 여전히 무섭다. 어렵다. 불안하다. 그래서 항상 누군가에게 이렇게 부탁한다.

"제 왼편에 서지 말아주세요."

저마다의 아픔

우리는 저마다의 아픔을 품고 살아간다. 아픔의 종류는 가늠할 수 없을 만큼 많아서 하나하나 열거하기 어렵다. 나처럼 눈에 보이는 질병일 수도 있고, 눈에 보이지 않는 마음의 병일 수도 있으며, 콤플렉스라고 느끼는 자기만의 작은 습관일 수도 있다.

모든 아픔의 공통점은 타인이 아닌 내가 그렇게 느껴서 생긴다는 것, 타인이 함부로 그 아픔의 영역에 들어가 판단할 수 없다는 것이다.

당사자의 아픔으로 생활해보기는커녕 그들이 스스로 아픔

을 어떻게 다루는지도 깊게 들여다보지 않았으므로 누구도 감히 쉽게 위로할 수 없고 가볍게 장난을 쳐서도 안 된다. 단순히 궁금하다고 해서 건네는 질문이나, 자기 딴에는 그럴싸한 조언일지라도 그것조차 당사자에겐 또 다른 아픔을 주는 행위일 수 있다.

'나는 그저 위로해주고 싶었을 뿐인데?'라고 생각할 수 있다. 하지만 나의 경우, 이젠 내가 아픈 사람이라는 것조차 가끔은 잊고 지내는데 새로운 사람을 만날 때마다 열에 아홉이 꼭 내 표정에 대해 질문을 던진다. 그때마다 나는 다시 급하게 우왕좌왕 내 자리를 찾아가야 했다. 얼굴이 마비되어 표정 짓는 일이 남들과 다를 수밖에 없는 사람의 자리로 말이다.

한편 나를 겨냥한 게 아님에도 듣는 순간 인상이 찌푸려지는 말들이 있다. '거기서 자다간 입 돌아간다, 발암 유발자, 암 걸릴 것 같다, 장애인 같다, 발작 버튼' 따위의 말들이 그렇다. 특정 질병을 언급하는 말들이 유행어처럼 쉽게 쓰이고 있다. 이런 말들이 실제 그 아픔을 겪고 있는 사람들에게 얼마나 큰 상처로 다가오는지, 그 말을 내뱉는 사람은 모를 것이다. 자신이 쉽게 내뱉는 말들이 타인에게 어떻게 해석될지 모르는 것, 고려조차 해보지 않는 것이 문제다.

우리 집에서는 '안면'이나 '마비'라는 단어가 어느 순간부터 금기어가 되었다. 가족 중 누군가가 따로 금기어로 정한 것도 아닌데 말이다. 아마 내가 얼마큼 아프고 힘들었는지 곁에서 지켜봐왔기 때문인 것 같다. 하지만 다른 사람들에게 내 아픔은 금기 질문이 될 만큼 조심스러운 사항이 아니다. 궁금하다는 이유로, 장난이라는 이유로 대수롭지 않게 넘겨버리는 아주 가벼운 일에 그친다.

사람들은 자신이 겪지 않은 일에 한없이 무지하고 관대하다. 자신의 시선과 생각을 기준으로 삼고, 그것에 맞춰 세상을 바라보고 남들을 평가하는 것. 바로 그게 문제다.

이 기회를 빌려 우리가 평소에 얼마나 많은 것을 간과하고 내뱉고 행동하는지 돌아보는 시간을 가질 수 있으면 좋겠다.

그저 보통의 삶을 위하여

스물네 살 때부터 지금까지 더 이상 치료를 받지도, 새로운 치료법을 알아보지도 않는다. 그사이 나는 안면 마비라는 질병을 주제로 '색다른' 책을 쓰게 되었다. 이 책이 '색다른' 이유는 여전히 안면 마비라는 고질병을 떨쳐내지 못한 채 적어 내려가고 있기 때문이다.

마치 안면 마비 환자들의 대표가 되어 우리의 일상을 담는다는 책임감에 거울 앞에 설 때마다 괜스레 힘껏 표정을 지어본다. 굳은 신경을 계속 자극하는 것이 좋다고 해서 입술을 모으거나 활짝 웃어보기도 한다. 거울에 비친 나는 여전히 서툴지만, 이 현실을 받아들인 채 살아갈 수 있을 만큼 강인해졌다.

여전히 아픈 곳들을 치료하기 위해 사투를 벌이며 살아가는 동시에 나를 위해 걷고, 나를 위해 먹고, 나를 위해 자고, 나를 위해 맛있는 라테를 마시며 평범한 일상을 보낸다.

이런 일상이 쌓이면서 나만의 루틴이 생기기도 했다. 잠자리가 불편해서 목이 걸리면 파스를 붙이거나 침구를 바꿔주고, 다리가 아픈 날엔 벽에 엉덩이를 바짝 대고 다리를 90도로 올려 20분을 버텨본다. 두통에 시달릴 때면 억지로라도 잠을 청하거나 약을 먹는다. 워낙 감기에 잘 걸리는 탓에 웬만한 감기에는 약을 먹지 않고 따뜻한 생강차나 유자차를 마시며 경과를 지켜본다. 또 선천적으로 위와 장이 좋지 않은 편이라 가공육, 튀김, 밀가루를 끊은 지 벌써 한 달이 넘었다. 마음이 지치고 힘들 때면 좋아하는 책을 읽거나 향긋한 입욕제를 푼 욕조에 몸을 담그거나 할머니 집에 놀러 가기도 한다.

이렇게 일상 속에서 차근차근 나를 보살피고, 나를 더 들여다보는 방법을 찾아가는 중이다. 나를 위해 시간을 쓰려

노력한다. 안면 마비 치료에 대한 희망을 포기한 것은 아니지만, 그냥 나의 일부로 받아들였다. 안면 마비 환자의 삶. 나름대로 괜찮다!

안면 마비는 더 이상 나를 뒤흔들고 슬픔에 빠지게 하는 존재가 아니다. 많은 사람이 힘들었던 기억을 기록하는 것을 대단하게 여겨주었는데, 사실 제법 덤덤하게 지나온 시간이다. 아니, 오히려 비장함을 담은 기록들이다.

그 누구도 타인을 함부로 아프게 할 수 없도록 소리 내고 싶었다. 누군가의 작은 아픔이라도 그것에 닿고 싶었다. 멀리서 얼굴도 모르는 내가 이렇게 함께하고 있다고 말이다.

오빠가 동생에게

궁합도 안 본다는 네 살 차이 동생에게.

안녕! 난 너의 오빠야. 너한테 이렇게 편지를 쓰는 게 무척 오랜만인 것 같아. 우리는 흔하디흔한 현실 남매라 편지로 이런 말을 전하는 게 진짜 어색하지만 써볼게.
생각해보면 어렸을 때 우린 서로가 눈에 보일 때마다 싸웠던 것 같아. 특히 사춘기 때는 서로 때리면서 엄청 심하게 싸웠잖아. 지금 생각해보면 별일 아닌 일들로 서로 꼬투리 잡으면서.

나는 군대에 가고 너는 사회생활을 시작하면서 바깥세상에서 이해하지 못할 상황들과 사람들을 많이 겪었지. 그러다 보니 서로 마음에 들지는 않아도 끝내는 든든한 아군이 되어줄 거란 사실을 알게 되었고, 그런 시기부터 우리의 싸움이 사그라진 것 같아. 가끔은 너의 어른스러운 행동에 깜짝 놀라기도 해. 네가 누나 같기도 하거든.

네가 그 아픔을 겪은 지도 벌써 10년이 넘었구나. 그날 눈을 떠보니 갑자기 눈이 감기지 않고 웃어지지 않는 얼굴을 보면서 혼자 얼마큼 놀라고 속상했을까 싶어. 내가 감히 가늠하기 어려울 정도로 아주 힘들었겠지.

당시 고등학생이었던 나도 많이 놀랐고 속상했어. 하지만 미숙한 탓에 네가 가장 의지하고 믿을 수 있는 사람이 가족뿐이라는 생각을 하지 못하고 많이 위로해주지 못했어. 못난 오빠이길 자처했던 것 같아. 그때 너한테 가장 필요했던 건 따뜻한 말 한마디였을 텐데. 너한테 따뜻한 위로 한마디 해준 적 없는 것 같아 늘 미안한 마음이었는데, 10년이 훌쩍 지난 지금에서야 본심을 전하게 되어서 또 미안해.

나도 학교생활을 했으니까 사소한 일 하나하나가 친구들 사이에서 어떻게 반응하는지 알아. 그래서 당시에 네가 얼마나 힘들고 상처받았을지도. 그때의 나는 너의 어려움을 알아줄 생각은 못 하고 왜 너랑 싸우려고만 했는지…. 지금에 와서야 안타까운 마음이 많이 들어.

혼자서 많이 울었겠지. 많이 힘들었을 거야. 금방 좋아질 줄 알았던 병이 지독하게도 널 오래 괴롭혔잖아. 치료받고 얼굴에 가득한 피멍과 치료 자국을 볼 때면 마음이 항상 좋지 않았어. 얼굴에 난 여드름 하나 짜는 것도 그렇게 아픈데 말이야. 몇 시간 동안 얼굴에 침을 맞고 집에 온 너는 늘 기운이 없어 보였어. 게다가 언제 좋아질지 모른다는 점에서 스트레스가 더 심했을 거란 생각도 들어.

하지만 지금은 잘 이겨내서 씩씩하고 당당해진 모습이 멋져! 누구보다 그런 모습이 잘 어울리는 우리 동생이 처음에 책을 쓴다고 했을 때도 그렇게 헤쳐나가는 모습이 너라서 가능한 일인 것 같아 정말 자랑스러웠어.

너는 항상 너를 이겨내는 사람이야. 그래서 정말 멋있는 사람으로 잘 큰 것 같아. 나한테도 숨기고 싶은 과거가 있고 친구나 가족에게도 털어놓지 못하는 문제들이 있는데, 넌 나와 다르게 용기를 선택했어. 네가 내 동생이라서 멋있고 대단하다고 느끼는 게 아니야. 그냥 너라는 사람의 용기 자체가 멋있고 대단한 것 같아.

분명 너의 작은 목소리가 누군가에게 또 다른 용기와 위로가 될 거야. 너의 앞날을 응원할게. 슬기, 파이팅!

아빠가 딸에게

우리 예쁜 딸에게.

이 정도로 수년간 가슴 아파하는 줄 몰랐구나. 밖으로 내
색을 잘 하지 않아서 아빠는 마냥 괜찮은 줄로만 알았단다.
그때는 삶이 힘들고 어려운 시기라서 할머니, 할아버지 집
에서 지내게 할 수밖에 없었어. 그래서 상대방을 위해 손
해 보고, 양보하고, 이해심 많은 아이로 키운 건 아닌가 싶
을 때도 있어. 아프게 된 것도 사촌 언니한테 침대를 양보
하다가 그리된 것 같아 가슴이 아파. 그런 시간이 운명일

지는 모르겠지만, 아빠는 너를 좀 더 빨리 데려와서 같이 살았어야 했다는 죄책감이 들고 항상 미안한 마음이란다. 우리 딸이 느끼기엔 얼굴이 어색하고 불편할지 모르지만, 아빠 눈엔 전혀 티도 안 나고 예쁘기만 해. 이 아픔이 앞으로 우리 딸 마음속에 약점으로 자라지 않았으면 좋겠어. 우리 딸이 살면서 자신을 낮추거나 나약해지거나 숨거나 손해를 감수하지 않길 바란단다. 이게 아빠의 가장 큰 걱정이지만, 지금까지 그래왔듯이 잘할 수 있을 거라는 믿음을 준 딸이기 때문에 굳게 믿는다.

이래라저래라하지 않아도 항상 스스로 너무나 잘하고 있잖아? 가끔은 시련이 올 수 있지만 넌 당연히 잘 이겨낼 수 있을 거야. 걱정 한번 안 시키는 그 모습이 아빠는 무척 자랑스럽단다. 항상 지금처럼만 건강하고, 살 뺀다고 굶지 말고 잘 먹고 잘 살자.

사랑한다. 아빠가.

엄마가 딸에게

세상에서 제일 예쁜 딸에게.

넌 여느 막내들처럼 샘도 많고 어리광이나 응석도 많았지. 어릴 적에 늘 병원에 입원해 있던 몸 약한 오빠 때문에 우리 슬기는 입버릇처럼 "엄마는 오빠만 좋아해!"라는 볼멘소리를 했어. 그러면서 닭똥 같은 눈물을 흘렸지. 내가 아니라고, 똑같이 예뻐한다고 말해줘도 손사래 쳤고.

아프면 엄마의 사랑을 더 받을 수 있을 거란 생각이 어느새 마음 깊이 자리 잡았던 걸까, 그래서 우리 슬기가 오랫동안 아프게 된 건 아닐까, 엄마는 여러 가지 생각들로 자책하곤 했어. 열네 살이라는 어린 나이부터 지금까지 아픈 걸 보면 엄마는 늘 안쓰럽고 애처로워.

한창 외모에 신경 쓸 사춘기에 시작된 병이라 지금까지 적지 않은 근심과 고통의 시간을 견뎠을 거야. 손수 떡까지 해서 기도하셨던 할머니를 비롯해 가족 모두 네가 빨리 낫기를 간절하게 바랐단다. 그런 바람이 무색하게도 넌 굵은 침 바늘의 고통을 오랜 시간 감내해야 했지만…. 많은 노력에도 불구하고 네가 아직 완치되지 않아서 엄만 마음이 좋지 않아. 그런 엄마를 도리어 위로해주는 의젓한 내 딸. 생각해보니 우리 예쁜 딸 얼굴을 관통한 침 개수가 정말 어마어마했네.

착하고 예쁜 슬기가 내 딸로 태어나준 건 큰 기쁨이란다. 학창 시절 부모 속 한번 안 썩인 이렇게 예쁜 네가 벌써 스물일곱 살이라니…. 엄마한테 슬기는 아픈 딸이 아니라 친구 같아. 성격이 불같은 엄마의 한숨 섞인 넋두리도 다 들어주고, 나이에 맞지 않게 해답과 조언도 아끼지 않고, 못난 엄마라도 늘 예쁘다며 이해해주고, 무엇 하나 나무랄

데 없는 소중한 딸이야.

엄마는 늘 너의 편이야. 늘 너를 응원한단다.

우리 딸은 자기 삶을 개척해나가는 무한한 에너지를 가지고 있어. 누가 낳은 딸인지, 넌 사랑받기 충분한 에너지를 지녔고. 할아버지, 할머니, 엄마, 아빠 모두 샘솟는 너의 에너지를 보면 즐겁고, 사랑스럽단다. 또 다른 이들에게도 사랑받는 멋있는 사람이 되겠지. 넌 아주 사랑스럽고 예뻐. 네가 내 딸로 태어나줘서 엄마는 너무 좋구나.

슬기야, 많이 사랑해. 예쁜 내 딸, 작은 체구의 원더우먼처럼 다부지고 멋진 여자.

두서없는 글이 지루하진 않았니? 읽어줘서 고마워. 사랑해, 언제나 최고인 너를.

나는 나답게 웃음 지으며

아팠던 순간들을 책으로 내자고 마음먹은 뒤 책 제목을 어떻게 지으면 좋을지 고민이 많았다. 수많은 고민 끝에 정리한 제목들은 이러했다.

더 이상 웃음 지을 수 없다

이제는 웃을 수 없다

안면 마비 얼굴

입 돌아갔는데요

굳어진 표정

마음의 오른쪽

불편한 왼편

제 왼편에 서지 말아주세요

이 중에서 뭐가 좋을지 혼자서 결정하기엔 다소 어려움이 있었다. 나는 주변 사람들에게 도움을 청했다. 사실 내가 가장 끌렸던 제목은 '더 이상 웃음 지을 수 없다'였지만 이걸 선택하지 않은 이유는 친한 언니의 역할이 컸다.

"내가 아는 슬기는 무척이나 잘 웃는 사람이라 이 제목하곤 어울리지 않아."

생각해보니 정말 언니 말이 맞았다. 나는 남들에게 웃긴 얘기를 해주려다가 내가 먼저 웃어서 말을 이어나가지 못할 정도로 정말 웃음이 많다. 그 탓에 사람들은 "내가 웃긴 이야기해줄게"라는 말을 듣고 기다리다 김새기 일쑤다.

내가 아픈 시간을 보냈다고 해서, 웃음을 짓는 일이 힘겨웠다고 해서 즐거움이나 행복을 못 느낀 건 아니다. 책을 어떻게 쓰면 좋을지 고민할 때도 곁에 있던 친구는 "슬기답게!"라고 간단하고 명쾌하게 답을 찾아주었다.

아픈 시간을 다루는 글인 만큼 자연스럽게 무거운 이야기가 될 수밖에 없겠지만 그 무게를 덜어내려 했다. 한편으론 자칫 가벼운 소재로 보이진 않을까 고민도 많았지만, 그냥 나답게 쓰기 위해 노력했다. 감사하게도 독립출판물로 나왔을 때 '옥탑방책방'이라는 독립서점에서는 이렇게 책 소개를 해주었다.

> 김슬기 작가이기 때문에 가능했던 사소한 농담들 덕분에 생각보다 울컥하지는 않았다. 그럼에도 불구하고 주변 소리가 들리지 않을 만큼 흡입력이 강했다. (…) 그녀는 누구보다 아름다운 미소를 가지고 있다. 그 많은 아픔을 딛고 일어선 그녀는 그 누구보다 기분 좋은 미소를 띤다.

나이기 때문에 가능하다는 말에 새로운 무게감을 느낀다. 그러니 앞으로도 나만의 방식으로 위로를 표현해야지. 누구보다 밝고 환하게, 나답게 웃음 지으며!

제 왼편에 서지 말아주세요

2020년 6월 30일 초판 1쇄 발행

지 은 이 | 김슬기
펴 낸 이 | 서장혁
책임편집 | 장진영
디 자 인 | 정인호
마 케 팅 | 한승훈, 최은성, 한아름

펴 낸 곳 | 봄름
주   소 | 경기도 파주시 회동길 216 2층
T E L | 1544-5383
홈페이지 | www.bomlm.com
E - mail | support@tomato4u.com
등   록 | 2012. 1. 11.

I S B N | 979-11-90278-34-8 (03810)

봄름은 토마토출판그룹의 에세이 브랜드입니다.

- 이 도서의 국립중앙도서관 출판시도서목록(CIP)은 서지정보유통지원시스템 홈
  페이지(http://seoji.nl.go.kr)와 국가자료공동목록시스템(http://www.nl.go.kr/
  kolisnet)에서 이용하실 수 있습니다. (CIP제어번호 : CIP2020023022)